El insólito mundo y otros seres imaginarios

SIN LÍMITES

YOLANDA RUBIOCEJA

El insólito mundo y otros seres imaginarios

EDICIONES B
GRUPO ZETA

México · Barcelona · Bogotá · Buenos Aires · Caracas · Madrid · Montevideo · Miami · Santiago de Chile

El insólito mundo y otros seres imaginarios

Primera edición, enero 2012

D.R. © 2012, Yolanda Rubioceja
D.R. © 2012, Ediciones B México, S. A. de C. V.
   Bradley 52, Anzures, DF-11590, MÉXICO
   www.edicionesb.mx
   editorial@edicionesb.com

ISBN 978 - 607 - 480 - 225 - 2

Impreso en México | *Printed in Mexico*

VENTAS INSÓLITAS, S.A. DE C.V.

El catálogo estaba ahí, bajo la puerta; sin remitente, sin timbre ni impresión de "Porte pagado", dentro de un sobre blanco. Alguien tuvo que haberlo deslizado bajo la puerta hacía poco, pues sólo una hora antes Sonia había trapeado, sin encontrar nada en el piso. El portero y los vecinos aseguraban no haber visto al cartero, o a cualquier otra persona ajena al edificio, entrar a esas horas. Nadie más había recibido un catálogo como éste; pero cuando Sonia les preguntaba al respecto, se mostraban muy interesados en saber de qué se trataba. No se lo enseñó a nadie. Alguien, seguramente, les estaba haciendo una broma y no había necesidad de que los vecinos se enteraran de ello. Aunque para ser una broma, el trabajo era demasiado profesional: la impresión y el papel eran dignos de catálogo de tienda departamental.

Al principio bromearon sobre la posibilidad de pedir esto y aquello, olvidándose por un momento de lo absurdo del caso.

Fernando, el único hijo de la familia Gámez, marcó con un plumón fluorescente lo que quería pedir. Luego insistió, con una cantaleta que se hacía cada vez más frecuente, para que marcaran el número de teléfono que estaba impreso en la contraportada. Manuel y Sonia cruzaron miradas cómplices, justo como lo hacían cuando Fernando se iba a dormir ya muy tarde la noche del veinticuatro de diciembre y se convertían mágicamente en Santa Claus. Le dijeron que sí, que estaba bien. Sonia, divertida, comenzó a marcar.

—Son sólo cuatro números —dijo.

—Pero eso sí "con doscientas ochenta y un líneas disponibles, y nuestras operadoras ansiosas de atenderle" —complementó Manuel, leyendo burlonamente aquella frase impresa en la primera página del catálogo.

La voz que respondió era femenina, Sonia dudó pero terminó por contestar el saludo. Fernando corrió hacia ella y le sonrió mientras daba unos pequeños brincos. La voz al otro lado de la línea pidió las claves. Fernando no dejaba de señalar con el dedo lo que ya había marcado antes con el plumón fluorescente. Sonia se sentía ridícula al dictar la clave y la descripción del producto. Imaginaba la cara burlona de la señorita que la atendía.

Pidió lo que Fernando le señalaba, luego dio vuelta a la página y dictó la clave de lo primero que vio. Al despedirse de aquella voz, que no le pareció burlona en absoluto, colgó mecánicamente. Manuel la observaba desde el sillón, haciéndole una mueca recriminatoria que ella bien sabía qué significaba: "a ver luego cómo le explicas al niño que sólo estás jugando."

Tuvo que aclararle a Fernando que no les iban a traer las cosas, que obviamente se trataba de una broma, que no estaba permitido hacer el berrinche del siglo cuando nada llegara. Fernando no quiso escuchar cuando ella le dijo que lo que habían pedido ni siquiera existía. Miró a su papá, pero éste cogió el periódico. Fernando bien sabía lo que esto significaba: "A mí no me preguntes, ve con tu mamá".

—Sí existe, mira, aquí está la foto —aseguró a Sonia, enseñándole el catálogo para que se convenciera por sí misma.

—No todo lo que ves existe —contestó sin pensar.

Él miró a su papá como pidiéndole una explicación, pero éste colocó una barrera de periódico entre su hijo y él. Si Fernando hubiese sabido leer, podría haber tomado la cabeza de la primera plana como una respuesta: El Pueblo Exige Respuestas, el Gobierno no da la Cara.

—Quise decir que no todo lo que ves en una foto es lo que aparenta, a veces fotografían varias cosas, las recortan y las pegan unas con otras, como el *collage* que te dejaron la semana pasada de tarea, ¿entiendes? —preguntó Sonia con dulzura.

—¡Ah, entonces sí existe! —concluyó Fernando muy contento y escapó hacia su recámara sin permitir réplica alguna.

Sonia decidió olvidar el asunto. Después de todo, Fernando era todavía muy pequeño, ya entendería cuando viera que lo que había pedido nunca llegaba.

El domingo, al abrir la puerta, Sonia encontró sobre el piso un par de paquetes voluminosos. "Ventas Insólitas, S.A. de C.V.", decía la etiqueta pegada sobre cada uno.

Quiso abrir los paquetes antes de que Fernando saliera de bañarse y los viera, pero en ese momento se abrió la puerta del baño.

—¡Mi mascota, llegó mi mascota, lo sabía!

El niño abrió el primer paquete, rompiendo un poco la caja. Vio el contenido y, decepcionado, desvió la mirada, buscando los ojos de su madre.

—Ésta no es mi mascota, es lo que tú pediste, mamita.

—No es posible.

Sin escucharla, el niño cogió el segundo paquete y lo levantó, moviéndolo con suavidad y acercando la oreja a él. La caja siguió moviéndose sola, por lo que estuvo a punto de caérsele de entre las manos. Al colocarlo nuevamente en la mesa, del interior del paquete surgió un ruido que Fernando no reconoció de entre los registrados en su memoria.

—¡Ésta si es mi mascota! —gritó cuando abrió la caja y aquel ser insólito salió de ella arrastrándose con pesadez.

Sonia no acertaba a moverse, ni a decirle nada a su hijo.

Cómo podía ser que el paquete hubiera llegado si no le había dado a esa mujer su teléfono, nombre, o dirección; tampoco le había proporcionado un número de tarjeta de crédito. Ni siquiera era posible que lo que en ese momento contemplaban sus ojos existiera de verdad. Se acercó a la mesa y buscó, sin atreverse a registrar el contenido, por las caras externas de la otra caja algún dato extra. En la parte de abajo encontró una etiqueta que decía: Si este producto es de su satisfacción, favor de depositar el importe del mismo a la cuenta 5670000–98 de Banca Internacional. En caso contrario, favor de regresarlo a P.O. Box 543121. Porte pagado.

Fernando atrapó entre sus brazos a su nueva mascota y la colocó en el suelo.

—¿Cómo le ponemos, mami? —preguntó emocionado.

—Alebrije —contestó por contestar.

—No mamá, cómo le voy a poner así, es como si a un perro le pusiera perro o a un gato, gato.

—Bueno, pues entonces no sé, ¿como de qué le ves cara?

—Como de dragón.

—Pues así ponle, tu abuelo decía que a las cosas, como a las personas, había que ponerles nombres que no desentonaran con lo que en realidad eran.

—Sí, pero también tiene patas de elefante y cuerpo de cocodrilo y cola de pato y... ¡ya sé, se va a llamar Dragonelefantecocodrilocoladepato!

—¿No te parece un poco largo ese nombre, mi amor?

—Entonces... Drafancococopato, es igual, pero más corto. Es una aberración.

—Abreviación —corrigió Sonia sin salir del asombro ante lo bien que, para sus cuatro años de edad, Fernando manejaba el lenguaje, y prometiéndose a sí misma seguir leyéndole un par de cuentos todas las noches.

—Eso, una abreviación.

Mientras era bautizado, Drafancococopato, se había dado a la tarea de inspeccionar la casa. Al escuchar su nuevo nombre, corrió alegremente hacia Fernando, quien estaba sentado en el piso de la sala. El alebrije emitió unos sonidos nunca antes escuchados y lamió las dos mejillas del niño de un solo lengüetazo bífido mientras, a la vez, sacudía la mesa de centro con las plumas de la cola.

Mientras tanto, la madre buscaba aquel catálogo sin lograr recordar dónde lo había puesto. Deseaba haber pedido algo diferente y no esa cosa absurda que ni siquiera se había atrevido a mirar, pero que seguramente se encontraba dentro de aquel paquete, sobre la mesa.

Sonia, preocupada por la seguridad de Fernando, no lo perdía de vista. Éste jugaba emocionado con Drafancococopato. Al parecer aquel ser que arrastraba el cuerpo multicolor, intentando seguir al niño, era, a pesar de su aspecto, una criatura inofensiva, y un buen adorno para la sala.

Mañana mismo regresaría el primer paquete al apartado postal indicado en la etiqueta, pero de ninguna manera podría hacer lo mismo con Drafancococopato, después de todo, el precio no era tan elevado, y el niño se veía tan feliz.

SÓLO TE ROBO UNOS MINUTOS

Dicen que tiene que ver con el magnetismo corporal. El hecho es que, durante toda mi vida, desde que tengo uso de reloj, éste se me adelanta exactamente veintisiete minutos al día.

He hecho de todo para solucionar el problema. Le he preguntado a científicos, médicos, chamanes, filósofos y hasta relojeros japoneses. Nunca recibí dos explicaciones iguales.

En un principio opté por no utilizar reloj, pero tenía que detener a la gente en la calle para preguntarles la hora. No todos están dispuestos a hacerlo. Ahora pareciera que el mundo gira más deprisa y que todos corren en sentido contrario para no perder su lugar.

Lo que yo quisiera en realidad es que alguien me diera su hora y yo, a cambio, dejarle la mía.

No sé si una cosa esté relacionada con la otra pero, en una ocasión, pasaron en la televisión a un hombre amenazando con lanzarse desde un quinto piso. Un bombero subía por una escalera y yo pensé: "antes, el hombre sin camisa lo va a salvar". Unos segundos después, de la nada apareció un muchacho con el torso desnudo que lo jaló desde el interior. ¿Que cómo lo supe?, bueno, no tengo idea. Ese no es un don del que una pueda sentirse agradecida. Porque, no solo visualizas héroes rescatando suicidas, también ves otro tipo de cosas. Los recuerdos del futuro son impredecibles, y no puedes simplemente decidir tenerlos o no. Después de todo, qué se puede hacer con un recuerdo, sino aceptarlo u olvidarlo.

Lo sé, parezco una loca contándole esto a alguien que ni siquiera conozco, pero precisamente por eso lo hago. Nunca antes lo había platicado, y lo más seguro es que no volvamos a vernos. Estos ni siquiera son mis rumbos.

Espera, te cuento ya lo último. Te aseguro que sólo te robo unos minutos.

En qué me quedé, ah sí, en cuanto a lo de saber la hora real, al final resolví el problema de un modo muy sencillo, aunque podría parecer demasiado para alguien con poca paciencia. Marqué al número telefónico donde dan la hora exacta y sincronicé con ésta mi reloj de pulso. Cada vez que en mi reloj pasaban diez minutos, volvía a llamar. No dormí un día entero pero mira, hice esta tabla de conversiones.

Ay, nunca te di la hora ¿verdad? Tengo cuatro y cuarto, entonces son, déjame ver… tres cincuenta y ocho. Espero que no te haya retrasado demasiado. De verdad te agradezco, es difícil encontrarse con alguien que te regale aunque sea un poco de su tiempo.

CALOR DE HOGAR

Adela lanzó la cacerola llena de frijoles hirviendo, con el único propósito de desahogar contra aquella puerta su rabia hacia Simón; pero en ese instante, él volvió a abrir para decirle que además de una estúpida era una pendeja.

Fue así como los frijoles fueron a darle dentro de la boca, terminando en ésta su proceso de ebullición.

Salió del hospital consciente de que no sería nunca más el hombre atractivo que todas las mujeres le habían envidiado a Adela. Nunca volvería a hablar. La lengua le quedó pequeña e inútil.

Fue por ello, por no poder humillar a su esposa con palabras, que decidió hacerlo con los puños. Esta vez fue ella quien terminó internada en la Cruz Roja.

Simón pasó varias semanas detenido, hasta que, tras ser dada de alta, Adela consiguió el dinero necesario para pagar la multa. Dos mil ciento noventa y tres pesos saldados con el producto de la venta de algunos triques y la televisión.

Él quiso saber cómo su esposa había conseguido el dinero, "si eres una inútil que no sabes hacer nada". Ella, sin dejar de planchar, le contestó que mejor ni preguntara, pues no le iba a gustar la respuesta, y que de cualquier manera no tardaría en darse cuenta de que había vendido lo que él más atesoraba en la vida. "A ti tampoco te va a gustar lo que pienso hacer contigo, puta", le advirtió él acercándole el puño a la cara.

Mientras su marido le daba una paliza, ella se defendió poniéndole la plancha sobre el estómago. Menos mal que él pensaba que ella era una puta, y que todavía no se había dado cuenta de que faltaba el televisor, eso le salvó la vida.

A Simón le quedó marcada para siempre la silueta de la plancha al centro de la barriga. Perdió así lo único que alguna vez lo había unido a su madre: el ombligo.

Una mañana, tras los habituales pleitos por el desayuno, los calcetines que no estaban bien lavados, la ropa mal planchada, pero sobre todo, la ausente televisión y su fútbol dominguero, Adela por fin se dio cuenta de que no había visto a su hijo desde la noche anterior, cuando éste observaba cómo ella arrancaba pedazos de piel de la base de metal de la plancha.

Ella gritó el nombre del niño desde la ventana. Preguntó a los vecinos. Caminó por las calles circundantes a la casa, con un "Simoncito" repetido cada tres pasos. No obtuvo respuesta.

Tres años más tarde, Adela recibió una llamada desde el reclusorio juvenil.

Simoncito estaba preso, acusado de cometer agresiones físicas severas contra su novia, Blanca López. Necesitaba dinero: quinientos pesos mensuales para que no lo golpearan los compañeros.

Dos meses sin golpes para Simoncito y doscientos pesos extras para irla pasando; con eso y con una caja de cartón donde llevaba su ropa, la plancha y otros objetos personales, fue que Adela salió para siempre de esa casa.

Debía de huir antes de que Simón se diera cuenta de que otra vez, ella había vendido la televisión.

PIEDRAS EN EL RIÑÓN

No se me quita este dolor, voy a tener que suicidarme. No, no es una exageración. Ahora me ves bien porque me tomé dos pastillas, pero el efecto me dura sólo unas tres horas y no puedo tomarlas todo el tiempo, me hacen mucho daño en el estómago. Me quitas el dolor de cabeza, pero entonces comienza a arderme la panza y debo de tomar esta otra medicina, que me empeora lo de las piedras en el riñón.

Ojalá y fuera hipocondríaco como dices. Si esto se me desapareciera en un diván, entonces ya no tendría que quitarme la vida.

Entiendo que ahora te causo una pena, pero cuando veas los gastos que hice con las tarjetas de crédito, vas a sentir alivio de que esté muerto. No podría pagar las deudas ni aunque tuviera un buen trabajo por los siguientes treinta años.

Te compré un auto. Es de lujo. Ni siquiera pienses en quedártelo. Es para que lo vendas y tengas dinero para empezar lo del negocio. Lo van a traer pronto. El día en que el coche llegue, yo me mato. Ya investigué y, si me tomo todas las pastillas del frasco, las del dolor de cabeza, no las del estómago, será cosa de unos treinta minutos. Si antes de ese tiempo te sientes tentada a ir corriendo y llamar a una ambulancia, sólo imagina los estados de cuenta por venir, los intereses, las llamadas del banco por las madrugadas y las noches. ¿Te acuerdas de esa vez?, entonces la que se quería morir eras tú.

Llama a los paramédicos, pero cuando veas que ya no haya nada que hacer, no antes. Les dices que me encontraste tirado en el suelo del baño, inconsciente.

Si no me doliera tanto Eva, te juro que me quedaba contigo. Ya sé, te prometí no volver a dejarte sola. Espero que vuelvas a perdonarme, después de todo, sería la última vez que tendrías que hacerlo.

No soy de los que aguantan el dolor, ya lo sabes, siempre has sido mejor que yo para eso. Como tú dices, siempre hay que buscarle el lado bueno a la manzana podrida. Pues el lado bueno es que, por primera vez desde que nos casamos, te dejaré sin deudas.

ZUMBIDOS

Las ronchas comenzaban a sangrar y aun así, Rodolfo continuó rascándose. Las uñas se le llenaron de sangre. "Enciendes un cerillo, lo apagas y, con el fósforo quemado, te frotas los piquetes. Eso te quita el ardor. A ver si ahora me haces caso y usas insecticida, de algo te vas a morir de todas maneras y, si no es de cáncer, será de paludismo", le dijo su hermana antes de salir.

Encontró la cajilla de cerillos pero, en el interior, sólo quedaba un palillo doblado y sin cabeza.

Ya no sólo le ardían las ronchas, ahora sentía que la piel entera le punzaba. Se desvistió desesperadamente y entró a la ducha. Dio dos giros a la llave del agua fría. Sintió un alivio inmediato, pero pronto comenzó a sentir frío, cada vez más. Abrió un poco la llave del agua caliente, pero ésta no alcanzó a entibiar siquiera el cuerpo de Rodolfo. Giró la "C" con la mano izquierda, mientras con la derecha daba también dos giros completos en contrario a la "F". El agua se calentó inmediatamente, quemándole la espalda. Dio un gran salto hacia afuera, sin ocuparse de retirar antes la cortina de plástico, que se pegó a su cuerpo, haciendo caer el tubo de metal sobre su cabeza. Quedó inconsciente, con la mitad superior del cuerpo afuera de la regadera; y la cintura, las nalgas y los pies bajo el chorro de agua hirviendo. El dolor le hizo reaccionar de inmediato. Se arrastró envuelto en la cortina, pero quedó atorado cuando el tubo se atascó entre la pared y el retrete. Encogió las piernas para evitar que el agua continuara quemándole los dedos de los pies.

El hule se le había pegado ahora en las nalgas. Se fundían rápidamente su carne quemada y las enormes flores blancas. Había que desprender el plástico. De lo contrario, los pétalos quedarían irremediablemente estampados en sus glúteos. "¡Me quiere, no me quiere, me quiere!", fue arrancándolos uno a uno… "¡No me quiere!"

Comenzaba a sentirse ahogado, se desenvolvió con cuidado. Vio algunos pedazos de piel y sangre mezclados entre el hule transparente. Algunos pétalos blancos se habían pintado de rojo. Nunca le había gustado esa cortina de baño y ahora formaba parte de ella.

Fue a la habitación e intentó ver sus heridas en el espejo, pero no logró girar el torso. La punzada casi le provocó un nuevo desmayo. Se recostó boca abajo, con la barriga sobre una almohada y la barbilla recargada sobre los antebrazos.

Escuchó un zumbido. Un mosquito gordo se posó en su codo. Rodolfo observó cómo el insecto clavaba su delgado aguijón. Inmediatamente quiso sacar una mano para aplastarlo, pero el movimiento tensó los músculos de sus nalgas y entonces un segundo aguijón, éste gigante y grueso, lo atravesó desde la cintura hasta los pies. A pesar del grito, el mosco no se movió. Jamás se lo confesaría a nadie, quizás sea que el dolor lo desquició momentáneamente, pero estaba seguro de que el insecto lo miraba a los ojos mientras le extraía la sangre.

Tras saciarse, el mosco intentó volar, pero el exceso de sangre le pesaba como un lastre. Rodolfo sonrió y el mosco bajó la mirada.

"En cuanto pueda moverme, compro el DDT", pensaba mientras que la imagen del mosco desaparecía tras sus párpados, hasta que, cercano a su oreja, escuchó el siguiente zumbido.

CADENAS

De pequeño me gustaba recortar. Todos hemos hecho el famoso muñeco en papel doblado que, al desplegarse, resulta ser una cadena de seres unidos por manos y pies.

Somos también la mayoría quienes, de tanto jugar con esa cadena, terminamos por romperla.

Pues Georgina es de esas muñecas que se resisten a la separación, y pierden una mano o un pie en el intento. Y eso fue lo que nos pasó a los dos. El destino había recortado nuestras siluetas con una tijera puntiaguda y, sin que pudiéramos evitarlo, nos desdobló en pareja. Andábamos de la mano por el día y nos plegábamos uno sobre el otro por las noches.

Pero el papel se arruga, se desgasta y ensucia en los dobleces. Las uniones se debilitan.

Suele suceder que de cada par de muñecos, uno quiera separarse y el otro no. Entonces alguien jala y el otro persigue. Hasta que por cansancio o distracción, terminan arrancándose el uno del otro.

Ya separados, Georgina y yo nos volvimos a ver con el propósito de repartirnos nuestras pertenencias. Yo intenté devolverle la mano, pero ella contestó que yo se la había pedido formalmente frente a sus padres, y que ella me la había dado para siempre, así yo no la quisiera más.

MIGUEL:

Sabes bien cuánto me gusta imaginar qué parte de mí era una manzana o una hormiga que distraídamente comió mi madre durante un día de campo. Qué cantidad de la mugre en las uñas del vendedor de fritangas está en mí. Cuánta gasolina se convirtió en el plomo que circula por mi cuerpo.

He sido antropófaga de mí misma. Mi piel mudada y engullida por insectos que a la vez son devorados por las ratas, todo mezclado en la tierra que piso, como y respiro. Soy el aire y el agua y la tierra y el fuego; y cuando leo, como todos, me leo a mí misma, lo demás lo olvido.

Qué es el Ego sino el verse reflejada igual en el lago que en el charco, que en las múltiples miradas de una mosca.

Buscábamos la inmortalidad y por desgracia la encontramos. Un solo cabello que dejemos sobre la almohada y volveremos todos a nacer en un laboratorio.

Ahora, el nuevo anhelo de la humanidad será volver a nacer mortales. Permanecer sólo en el gusano que traga nuestra carne, para que tarde o temprano ésta alimente a nuestros hijos, perros y enemigos.

Qué certero puede ser alguien al llamar Madre a la Tierra o a un Árbol o al Polvo amontonado sobre un recogedor. Lo que no puedo imaginar es decirle Madre a alguien vuelta a nacer días o años después de mí.

Sé que mi última voluntad será cumplida, que me cremarán y que no quedará más rastro genético mío que el que representan tú y tus hijos y nietos y demás descendencia y tal vez, otras tantas veces tú y tus hijos y demás descendencia.

Ya lo sé, me amas como yo a ti, pero quiero que, cuando las leyes finalmente te permitan seguir con tus experimentos, tú Miguel, encuentres de mí sólo cenizas y fotografías. Estoy segura de que harás tu sueño realidad, sólo que no quiero ser tu Frankenstein.

No deseo nacer después de ti, ni quiero verte morir, así pudieses renacer por la eternidad a partir de un cabello enredado en el cepillo.

Prefiero ser mortal, y renacer heliotropo.

EL MILAGRO

La profeta vaticinaba que el primero de enero del año dos mil sucedería el milagro. Dios posaría la mirada sobre nuestro planeta, exactamente durante el primer segundo en que el sol apareciera en el horizonte. De tal manera que en ningún lugar sucedería aquello a una misma hora. Pero para Dios todas las veces serían una sola y todos los tiempos el mismo tiempo.

La profecía fue anunciada alrededor del mundo por todos los medios de comunicación. Unos lo hicieron en tono de broma, otros sólo por ganar *rating*, y algunos más por no quedarse atrás. No en vano llevaba Beata, la pequeña profeta sueca, seis vaticinios cumplidos. Éste sería el séptimo, número mágico.

Como era de esperarse, las personas se reunieron en grandes grupos para presenciar el milagro. En la capital de México los fanáticos futboleros se reunieron alrededor de El Ángel de la Independencia, y los "místicos" en Teotihuacan. Para el resto, se colocaron templetes en las azoteas de los principales centros comerciales, sobre los que cientos de cabezas se unificaban portando gorras blancas con la leyenda "Yo estuve en El Milagro". Para quienes no podían o no querían salir de sus casas, las televisoras transmitían los programas: "El Milagro se Ve", "Milagro 2000" y "Para ti que no crees en milagros: Ciclo de Cine Francés".

Faltaba justo un segundo para el atardecer en Kiribati, todos guardaron silencio. Miradas de todos colores se secaban ante los números rojos que se aproximaban a la hora indicada: las cinco cuarenta y tres de la mañana. Las imágenes satelitales proyectaron en grandes pantallas, un mismo amanecer que fue visto simultáneamente en el mundo entero. Luego, nada.

Después de haber aguardado por tanto tiempo, no había señal alguna de estar siendo reflejados sobre la pupila de Dios. Solamente un supuesto OVNI visto en Egipto, confundió por momentos a algunos ciudadanos.

Ese fue el final del prestigio de la pequeña profeta sueca y el gran negocio para los delincuentes que realizaron, ese día, un gran número de robos y saqueos. Qué suerte que casi nadie estaba en casa durante aquella inexplicable ola de delincuencia, así se evitaron muchas desgracias, dijo Beata, seguramente ese fue el milagro.

BISIESTO

Que se iba a morir un veintinueve de febrero, eso le predijeron a Bernardo cuando cumplió catorce años y dos meses de edad.

Esa tarde en el circo, por los mismos quince pesos, también le había alcanzado para saber otras cosas, como por ejemplo que en ese día funesto iba a cumplir un último deseo: fumarse un cigarrillo sin filtro. Total que de cáncer ya no se iba a morir. Lo que "Etérea la Adivina" no podía comunicarle sino por veinte pesos más, era el año en que sucedería lo inevitable y quién sería el causante de su muerte. Después de muchos ruegos, aquella mujer con los ojos en blanco y vestimenta morada, le rebajó cinco pesos. Pero el niño se había gastado todo el dinero de la semana en el boleto del circo y en saber cómo moriría.

Varios veintinueves de febrero de años bisiestos Bernardo estuvo esperando a que lo mataran con una pistola muy pequeña color negro, como la que, aún en trance, Etérea la Adivina había descrito gracias a un chicle bomba sabor plátano que Bernardo le había ofrecido como pago.

Era el onceavo año bisiesto subsiguiente a la predicción. Él había logrado resistirse a fumar durante toda la mañana. *Es sólo por hoy*, repetía, regresando el cigarrillo a la cajetilla. Una vez más, como cada año bisiesto, estaba decidido a dejarlo. Por primera vez lo había logrado más allá del medio día. *Sólo una fumada rápida*, pensó. Apenas pudo prenderlo. Las manos le temblaban. El humo lo hizo feliz por un instante. Olvidó por unos segundos que esa mañana había despertado con la certeza de que moriría. *Tras la primera bocanada, apagarlo*. Pero el pensamiento se escondió entre el humo y el sabor ácido de la nicotina.

Daba la séptima fumada, cuando vio crecer sobre el cemento la sombra del asesino que sujetaba la sombra de una pistola...

Murió antes de alcanzar a ver a Paquito, el hijo de la vecina del tres, sujetando el arma homicida y disparando aquel chorro de agua fría que atravesó el humo directo hacia su rostro.

BOLSA DE TRABAJO

Lo mejor de tener un nuevo trabajo no es la satisfacción profesional, el sueldo o las prestaciones; sino la posibilidad de presentar una renuncia.

Este placer lo descubrí hace seis años, trabajando en una gran empresa.

Ya se sabe, durante la entrevista todo es perfecto. Tu futuro jefe te expone la filosofía institucional. *Nuestra prioridad: la calidad de vida de quienes, más que empleados, son nuestra familia.*

Estarás a prueba con un sueldo base que se incrementará si desempeñas bien tu trabajo.

Un día el jefe pide que te quedes media hora más. Las medias horas se amontonan por pares, hasta que abarcan también los sábados.

Exiges el pago de horas extras y te explican que si tienes que quedarte más tiempo es por tu ineficiencia. Ni pensar en el incremento de sueldo prometido hace ya casi un año.

Amaneces cada vez más conforme. Ya no tienes tiempo de salir, así que llevas una sopa instantánea y comes en seis minutos. Renuncias a la pausa para tomar café, pues la secretaria te ha dicho en secreto que sospecha que alguien orina dentro de la cafetera.

Te propones trabajar con eficiencia para lograr un incremento salarial que será máximo del tres por ciento.

Ahora te conformarías con eso.

Es ese el momento justo en que debes de reaccionar.

Redactas una renuncia que entregarás hasta dentro de dos semanas. Ansías ver al jefe afrontando la desfachatez con la que te vas a casa a las seis en punto.

Quizás aplaces la renuncia un mes más. Comienzas a disfrutarlo.

Un día, finalmente anuncias que te vas.

Observas el gesto triunfal de tu jefe al leer la renuncia, complacido de haberse librado de ti sin pagar la liquidación. Ves mutar su expresión al ir leyendo el documento. El documento lo adjetiva y no está firmado.

En la oficina de Recursos Humanos te lanzan la amenaza velada, repetida durante años, cientos de veces: *Cuando pidan referencias tuyas, daremos las mejores, ya se sabe que sin ellas es casi imposible encontrar un buen trabajo. Has sido muy valioso para la compañía y nos duele que te vayas, pero será para mejorar.*

No piensas en tribunales pero, por diversión, mencionas tener un tío abogado y dices no necesitar referencias, pues ni loco volverías a trabajar en el ramo.

Así dejas atrás a quienes han caído, sin posibilidad de redención, hasta el profundo agujero gris de la nómina. El orgullo de la empresa: no sonríen, no salen a comer, trabajan horas extras sin pedir nada a cambio. Lo que llaman llevar la camiseta bien puesta, por lo menos así será de aquí a que lleguen a la edad de jubilación.

Renaces de entre los papeles acumulados sobre el escritorio y vuelas en busca de la sección de bolsa de trabajo en el perió-dico. Subrayas las magníficas oportunidades de crecer, exce-lentes ambientes de trabajo y prestaciones superiores a las de la ley que el mundo tiene por ofrecer a los desempleados que, hedonistas sin remedio, van en pos de una nueva posibilidad de renuncia.

LECTURA DE CAFÉ

Denme su amable atención por solamente unos minutos.

No sé si saben pero las tazas chicas, como ésta, son más adecuadas para realizar una lectura de café que las tazas grandes. Dejan, como el café turco, un sabor más concentrado.

Esta taza que ven aquí, contiene un café instantáneo muy especial. Basta con verter agua en él para que la danza comience: múltiples figuras cambiantes que ustedes aprenderán, con un poco de práctica y un mucho de visión, a interpretar.

No se trata de una lectura de café común y corriente, donde se puede ver el futuro impreso en una mancha seca sobre un plato o alrededor de una taza. Lo que aquí podrán contemplar es la historia completa, quiero decir: *su* historia completa.

Deberán agregar agua fría para ver el pasado, tibia para presenciar el presente y muy caliente para visualizar el futuro.

Si tienen el suficiente coraje, pueden comenzar la lectura con el café en su punto de ebullición y observar la película, hasta que el líquido se haya enfriado. A esto lo he denominado "lectura de regresión".

Si por el contrario ustedes observan cómo su café, en principio frío, va calentándose a fuego lento dentro de un pocillo, podrán realizar la "lectura de avance".

En ambos casos, es posible adelantar o atrasar la trama subiendo la temperatura de la hornilla o introduciendo el líquido al congelador, respectivamente.

Aunque, aún se puede ir más allá realizando las "lecturas consecutivas", pasando así, de una vida a otra. ¿De qué manera? Reiniciando el proceso de calentamiento o enfriado del líquido cuantas veces se desee. Como ya se habrán imaginado, con este método es factible ver tanto vidas pasadas como futuras. Eso sí, debo de advertirles, porque la ética así me lo demanda, que este método no se recomienda si son ustedes personas de alma débil, ya que puede ocasionar un severo sufrimiento metafísico.

Bien, ahora les daré algunas sugerencias de uso:

Si no son unos iniciados, es aconsejable entonces comenzar por la lectura sencilla de regresión. Estudios científicos han demostrado que resulta mucho más amable ver la propia vida de atrás hacia adelante, y no al contrario. Y, por lo que más quieran, al realizar esta primera lectura procuren no comenzar por el final o punto de ebullición, e intenten no llegar hasta el principio o punto de congelación, ya que suele ser un golpe muy duro verse a sí mismo al momento de la muerte.

Recuerden, no se apresuren. Ya habrá lecturas posteriores en las que podrán irse aventurando poco a poco, atemperando el alma.

Es también mi deber hacerles notar que en la lectura avanzada o "consecutiva", tarde o temprano, el líquido terminará por consumirse.

Sabrán entender que no cuento con una explicación fidedigna acerca de lo que sucede con la vida una vez que el agua se ha evaporado por completo, quedando únicamente una costra terrosa al fondo de la taza o el pocillo. Ahora que, si les sirve de consuelo, les comparto lo que un místico me dijo cuando le hice esa misma pregunta: *"Ocupa un nivel más elevado, algo que nosotros, entes materiales, no somos capaces de comprender sino en el último segundo antes de morir."*

Bien, eso es todo cuanto yo puedo decirles sobre la lectura de Café instantáneo, el resto, es algo que cada quien tendrá que descubrir por sí mismo, frente a su propia taza. Han sido muy amables en escuchar a un servidor.

Para quienes deseen adquirir este maravilloso Café de lectura instantánea, en su presentación de kilo, kilo y medio, o sobre individual, pueden hacerlo aquí conmigo.

Por esta única ocasión se les va a regalar con su compra, damitas, caballeros, esta pequeña taza de porcelana, con el tamaño ideal para realizar las lecturas básicas. Y como una oferta especial, por sólo cincuenta pesos más, también podrán llevarse a casa este hermoso pocillo de aluminio, que ha sido especialmente diseñado para realizar con eficacia las lecturas avanzadas.

HILDA

Héctor conoció a Hilda aquel lunes en el que ella había elegido la personalidad de secretaria sumisa. Iba vestida con un suéter rosa, pantalones formales y zapatos de tacón bajo. Por la tarde del martes, él ya estaba enamorado. El domingo le pidió matrimonio hincándose a sus pies. Hilda no podía negarse, después de todo, una es lo que es.

La boda sería el primer día del mes entrante. Ella no creía poder sostener el personaje hasta entonces, así que propuso adelantar la fecha para el lunes.

Cómo deseaba ser ahora una artista liberal, de esas que no creen en el matrimonio. Pero había dado su palabra de secretaria y esa no podía traicionarse.

La noche de bodas fue exactamente lo que Héctor había imaginado, y también lo hubiera sido para la secretaria sumisa de no ser porque la artista liberal ya ansiaba ser liberada.

Un lunes a fines de mes Hilda no pudo más. Buscó dentro del clóset y se vistió con jeans, camiseta colorida y huaraches. Sin pasarse el cepillo por la cabeza ni colocarse maquillaje, saludó al marido. Pobre hombre asustado con olor a noche.

Héctor lo intentó por quince lunes más, pero Hilda ya no era la mujer con la que se había casado. Le pidió el divorcio argumentando diferencias irreconciliables. Ella consintió en la separación, eso sucedió un martes. Pero el miércoles había amanecido ama de casa sufrida y se retractó. Además sospechaba estar embarazada. Se haría la prueba y entonces ya verían qué hacer.

Lo intentarían nuevamente, deseaban darle una familia estable al bebé. Claro que con el embarazo, Hilda se revolucionó. Un mal día podía amanecer rockera, bañarse sensual, desayunar troglodita, comer anoréxica y acostarse deprimida.

Nació Humberto y ella fue ese día una madre orgullosa.

Héctor tuvo momentos difíciles a la par de su esposa, pero estaba dispuesto a soportarlos. Así lo hizo por un lapso de dos años.

Un jueves, la que pidió el divorcio fue ella, y es que llevaba un mes siendo empresaria exitosa. Él aceptó y aceleró los trámites, antes de que algo pudiera cambiar.

Fue así como los tres veces H Domínguez quedaron partidos en dos. Hilda y Humberto se quedaron en la casa, y Héctor rentó un departamento.

En el clóset había ahora mucho espacio para llenar. Hilda le compró al niño un traje de marinerito, ropa deportiva, trajecitos con corbata, un disfraz de abejita, un conjunto casual, un traje de *Superman*, y ropa de playa; pues por la tarde había mutado a compradora compulsiva.

CICLOS

Colocando ambos pies bien firmes sobre el suelo y la frente recargada contra un poste o un árbol, se gira alrededor con velocidad constante. Repitiendo esta operación tres veces al día durante un par de meses, logrará usted comenzar a sentir el movimiento de rotación de la tierra. Posteriormente, despertará tirado en el suelo y con un dolor de cabeza punzante.

Descubrir la sensación de estar montado en un planeta en continuo movimiento, le causará al principio una gran emoción y vértigo. Será hasta algunos minutos después que el vértigo dejará de ser divertido y se transformará en nauseas, y luego éstas en agobio, lo que le llevará al borde de la locura. Personalmente no recomiendo la auto provocación de dicha sensación, pero en dado caso de que usted no sea de esas personas capaces de aprender de los errores ajenos, déjeme aclararle que no tengo responsabilidad alguna sobre las decisiones de la gente que lea esto, ni mucho menos de cualquier trastorno mental que de ello resulte.

Por si lo que he advertido no le resulta suficiente para ilustrar lo terrible que resulta para un ser humano común el experimentar la conciencia de la propia rotación, describiré el suplicio que se vive desde el momento en el que comienzan los vértigos: en un principio pensará que se trata de simples mareos y que basta con acostarse temprano para despertar a la mañana siguiente tan normal e inmóvil como siempre. Pero no es así como sucede. Lo más seguro es que usted despierte a media noche por causa de terribles pesadillas acerca de barcos, túneles, remolinos, escusados y licuadoras encendidas. Para entonces ya se habrá percatado, no del giro que ha dado su vida, sino de los giros que hay dentro y fuera de ella.

En repetidas e incontables ocasiones usted intentará regresar a la dulce inconsciencia de su propia rotación, intentará la concentración, el yoga, la hipnosis, la brujería y hasta el suicidio; pero debo advertirle que será inútil gastar el dinero que seguramente no tiene en paliativos que no lograrán acabar, o siquiera apaciguar su problema. En cuanto al suicidio, será mejor que no lo intente, ya que de hacerlo usted repetirá la tragedia en un indeterminado número de ciclos de vida, conclusión a la que es muy probable que usted mismo llegue después de algunos días de pensar en todos los círculos en los que se encuentra inmerso su ser. No comprenderá cómo es que la demás gente puede mantenerse en pie mientras giran sus átomos junto con su cuerpo, en un mundo que no conforme con rotar, comete el grave pecado de la traslación.

El estado constante de mareo trastornará su vida por completo, comenzando por el aspecto físico, del que no logrará perder conciencia gracias a la amable preocupación de sus buenos amigos, quienes lo mantendrán al tanto de la palidez de su piel, las horribles y deprimentes bolsas moradas bajo sus ojos, los muy notables quince kilogramos perdidos en un lapso de solamente cinco semanas. Pero el mayor problema no será el relativo a su aspecto físico; el sólo hecho de pensar, se convertirá para usted en un suplicio terrible aun en las ocasiones más triviales de la vida. Un ejemplo que a mí me gusta utilizar es el del día de compras en el supermercado. En el camino, se dirá a sí mismo: "Esta vez lo harás bien, es muy sencillo, sólo debes pedir lo que necesitas, hacer cuentas, pagar y esperar a que te den el cambio". Sin embargo terminará pensando que *dos kilos y medio de arroz son dos mil quinientos gramos, equivalente a dos millones quinientos mil miligramos o doscientos cincuenta mil centigramos a seis pesos el kilogramo, o lo que es lo mismo: seis mil antiguos pesos los mil gramos que vienen siendo seiscientoscentavoslosmil...* Usted agradecerá en esos momentos, si es el caso, no haber terminado siquiera la primaria, y tener poca idea de las conversiones matemáticas, que de lo único que le habrían servido sería para convertir una inocente visita al supermercado, en un muy *largo viaje del día hacia la noche...*

Usted llegará a odiar a toda esa gente que cree permanecer estática en un mundo lleno de movimiento y que, por si no fuera suficiente, como una simple diversión fugaz sube a los juegos en las ferias para sentir el vértigo. Recordará como una pesadilla aquella maqueta móvil realizada cuando era niño a la que usted hacía girar para observar el movimiento del sistema solar, un giro dentro de otro y de otro y otro *yotromás*. Se verá a sí mismo montado en un movimiento que usted mismo comenzó.

En caso de que le sirva de consuelo, hay un par de soluciones momentáneas para su problema. Una es la posición horizontal, que reduce en cierta manera el mareo y el vértigo, ya que la sensación del giro se hace más lenta. Pronto tendrá todo lleno de camas: el comedor, el cuarto de televisión, el recibidor y el despacho; aunque estos dos últimos no volverá a utilizarlos pronto debido a que la gente comenzará a "darle la vuelta". Nadie se siente a gusto al lado de un loco.

Por cierto que si usted es de las personas que no gustan de beber alcohol en grandes cantidades y que se han rehusado toda la vida a mantener amistad con borrachos, tendrá que superarlo, ya que son ellos los únicos amigos que podrá tener y, sobre todo, conservar durante el resto de su estancia dentro de este mundo rotatorio y traslatorio.

La otra solución es un descubrimiento hecho por una servidora durante un experimento realizado con moscas atrapadas dentro de juegos de feria giratorios. Este método suele dar mejores resultados que el anterior, pero se trata, reitero, de un paliativo momentáneo.

En caso de que usted quiera probar esta opción comuníquese a: Viajes Centrífuga, con Roberta Morales (Piloto Espacial), servidora, de lunes a sábado en horarios de oficina al 55000055 o consulte nuestra página *www.viajescentrifuga.com*.

EN SU AUSENCIA

—Cuando vuelva su papá nosotros nos vamos. Tengan todo listo, no me vengan a la mera hora con que todavía tienen que meter cosas a la maleta o ir al baño. En cuanto él entre, ustedes salen, como les dije: sin despedirse ni llorar.

Pero es que hasta el último momento me tiene que hacer la vida imposible este estúpido. Ni cuando una se decide a dejarlo puede llegar a horas decentes. Y ni modo que lo abandonemos en su ausencia. Por lo menos quiero ver su cara de arrepentimiento. Que intente rogarnos. Que seamos una vez nosotros los que lo dejemos con la frase en la lengua.

—¿Ya guardaron los cepillos de dientes?

Maldito Felipe, si no llega antes de las ocho no nos vamos a poder ir. Ni modo de andar con ustedes por las calles oscuras.

—Niños, ya no guarden los cepillos y pónganse las pijamas que están en la maleta; pero no saquen nada más, que si el desobligado de su papá llega temprano mañana, ahora sí lo dejamos.

PEQUEÑAS DISTRACCIONES

Busca en cada gaveta y cajón: ninguna vela, sólo una lámpara de mano con pilas inservibles. El celular descargado. Únicamente las lejanas luces de los pocos autos que pasan, iluminan intermitentemente la sala.

Comienza a sentir hambre, así que, tentando las paredes, llega hasta la cocina y abre el refrigerador. Buscando el paquete de queso, tira un frasco que cae al suelo, liberando su contenido líquido y frío. Gabriela da un paso atrás y algo se le encaja en el talón. Alza el pie y saca el vidrio. Con dos pasos cautelosos y largos, logra retirarse de la zona donde es más probable que los vidrios hayan caído. Olvida cerrar el refrigerador, no puede regresar. *Ahora sí, se me va a echar a perder la carne.*

Va hacia la sala y busca con los pies, encuentra el sillón y se deja caer en él. Coge con facilidad el teléfono, repasa las teclas, son demasiadas. *Por qué tiene tantas teclas el teléfono, sólo debían de ser diez,* las cuenta con el dedo, son dieciséis. Lo intenta varias veces antes de lograr hacer la llamada, pero la voz que le contesta es desconocida y cuelga. Es extraño que él no haya marcado, por lo menos para decirle que se retrasaría en llegar.

Comienza a cantar, pero no logra recordar una sola canción completa, sólo los coros. *Si de menos llamara, aunque sea para decir que va a llegar más tarde, podría dormirme.* Piensa en salir a la calle a buscar un teléfono público. Sólo habría de esperar a que un auto pasara y así ubicar el número uno. *Dónde dejé las estúpidas llaves.* Prueba acercando el teléfono lo más posible a la ventana, pero el cable es muy corto y, al jalar, siente cómo algo se desconecta. Lo busca pasando la mano por la alfombra: es un cable delgado que ella sigue con la mano, éste termina en una caja con clavija. Había olvidado, hasta ese momento, que el timbre del teléfono funciona con electricidad. Ahora se tranquiliza un poco. *Con razón no me llamó.* Él nunca llegaba tan tarde. Sería mejor intentar acostarse y cerrar los ojos.

En el camino hacia el cuarto se golpea en la espinilla. Camina con pasos más cortos y con las manos extendidas al frente. Topa suavemente con la cama. Se acuesta vestida, sobre las cobijas.

Si le hubiera pasado algo, ya me habría enterado. Cómo, si el teléfono no suena. Entré con las llaves en la mano. Tal vez las dejé en el baño. No, antes abrí el refrigerador, ¿traía las llaves cuando se escuchó el choque?, creo que todavía las traía cuando fui hacia la ventana, podrían estar por ahí. Pero no, porque me regresé a cerrar la puerta del refrigerador. ¿Y si las dejé ahí dentro?, ni siquiera puedo acercarme ahora a la cocina. Con zapatos sí, por lo menos para cerrar el refrigerador, nunca las encontraría a oscuras. Se levanta para buscar otros zapatos. Los que traía cuando llegó, se los había quitado junto a la puerta de entrada y para llegar a ellos habría que pasar por el pasillo junto a la cocina, podría encajarse otro vidrio. Encuentra unos tenis, se pone uno, lo saca, se lo cambia al otro pie.

Al llegar a la cocina, la luz del refrigerador se enciende. *Ya era hora, ojalá y no se haya descompuesto nada.* Prende la luz y cierra la puerta del refrigerador. Va encendiendo las luces hasta llegar junto al teléfono, lo conecta y en ese momento éste timbra. No es él. Una voz grave le pregunta si ella conoce a Omar Díaz. "Sí, sí, qué pasa con él".

Tas colgar, corre hasta la ventana y se asoma. *Es su auto.* Junto al poste de la luz que está recargado sobre la pared del edificio del frente, hay vidrios tirados por el suelo. El auto está vacío, el lado del conductor está destrozado. Sobre una grúa, varios hombres que llevan cascos blancos dan indicaciones a los hombres que están abajo. "¡Los cables están bien, pero hay que pedir apoyo para que nos vuelvan a levantar este poste!"

Gabriela va a la cocina, los vidrios crujen bajo sus suelas. Las llaves no están dentro del refrigerador. Va nuevamente hacia el teléfono y comienza a marcar el número del cerrajero, se lo sabe de memoria. Se limpia las lágrimas y deja un mensaje en el buzón de voz: "Don Nico, buenas noches soy la señora Blanca, de Jilgueros doscientos cuarenta, perdón que vuelva a molestarlo a estas horas, pero es que me urge. Por favor márqueme de vuelta". La luz vuelve a apagarse en el departamento, también la calle queda a oscuras. *Necesitamos comprar otro, a quién se le ocurre hacer un teléfono con un timbre que sólo funcione con electricidad. ¡Carajo, dónde más pueden estar las tontas llaves!*

REY DE PEONES

Para qué decirte que a la otra llegues temprano, si estás bien flaco. Por más que le hagas, tu destino es de Alfil.

Tú porque eres primerizo y no puedes saberlo, pero yo que ya tengo experiencia, voy sabiendo un poco de lo que se trata este juego. Al principio, nada más sabía cómo había que moverse, pero eso no es más que un detallito. Uno cree que esto es solamente un entretenimiento, pero si observas bien te das cuenta de que esto del ajedrez es como un mundo a escala. Yo creo que por eso lo de la cuadrícula, ¿no?

Si te fijas, a los chaparros siempre se las dan de peones. La vez pasada, también me tocó ser Rey y no sabes la que se armó porque cinco peones no estaban de acuerdo con mi coronación. Y es que ellos habían llegado media hora antes que yo, pero ni oportunidad les habían dado de escoger, por lo de la estatura. Al rato ya no eran sólo esos cinco, sino la mayoría de los peones de ambos colores los que estaban protestando. Hasta inventaron consignas y todo: "¡Los peones, obreros, mayoría en el tablero!", "¡Fuera ajedre–cistas, ra–cistas y fa–scistas!" Tuvieron que llamar a la organizadora, y ella les explicó que no era cues-

tión de racismo sino de "caber" en las características del personaje. Y digo, si te pones a pensar, qué culpa tiene la señora esta
de que los más bajos sean casi siempre los de clases más bajas,
y de que los peones de ajedrez también; ahora que si lo ves
desde mi cuadro de vista, yo también soy peón en la vida real
y sin embargo Rey del Ajedrez, y eso nada más porque soy alto y
no tan flaco como tú, y porque llegué más temprano que los
otros que tienen características similares a las mías. Como les
dije ese día: no es culpa del *casting* sino de la realidad nacional.

Yo creo que la próxima vez, mejor deberían de organizar otro
juego, como el de las Damas Chinas, ese sí que es bien democrá-
tico, hasta comunista si te fijas. Porque en esto del ajedrez, las
clases sociales se miden, tal cual, con la cinta métrica. Como en
la guerra, los de enfrente son pura carne de cañón. En cambio
en las Damas, se ayudan unos a otros y así todos llegan al otro
lado. Fíjate, mi hermana es maestra, y asegura que es más fácil
descubrir la personalidad de un niño por las cosas que juega,
que por todo un año escolar de exámenes y tareas.

Ya ves que dicen que el ajedrez es un juego más inteligente que otros, yo lo que creo es que es un juego de poder, pero
mucho más difícil de jugar que otros de su ramo, como el tu-
rista. ¿O te parece muy inteligente tanto matadero nada más
que para quedarse solito en el reino con un Alfil y un Caballo
por ahí, y muy probablemente sin ni siquiera tener al lado a la
Reina? En cambio con las Damas Chinas, imagínate, cuando por
fin logran cruzar el charco y estar todas metidas en su nuevo
territorio triangular, la fiesta que no han de armar ahí dentro.

De cualquier manera, me gusta venir aquí cada año, sobre todo ahora que sé que si llego temprano me la dan de monarca. Hace tres años, me dijeron que para ser el Rey había que madrugar, y yo estaba dispuesto a hacerlo, pero no me levanté a tiempo de la cama y para ganar unos minutos, no me detuve a comer la torta de tamal afuera del metro. Sí logré ser Rey, pero por dentro me estaba muriendo de hambre como un Peón. Cuando me di cuenta estaba con corona y cabeza en blanco, y salva sea la parte en D2. Volví en mí a los pies de un Peón que por suerte, la jugada anterior, había dado dos pasos hacia el frente, de no ser así le hubiera caído encima con toda mi Real humanidad. La verdad es que sentí que le dio gusto tenerme ahí abajo, a sus pies. Me dedicó una sonrisa burlona que, con la vista todavía desajustada, me parecieron como millones de bocas superpuestas. Por eso, ahora lo que hago es pedir la torta y el atole para llevar, y así no me tengo que despertar tan temprano. Porque como se dice: "Al que madruga", y yo agrego: "desayuna y es más alto que la media nacional, Dios le ayuda"...

...pues entonces, a lo mejor y ya nos habíamos visto. Según mis cálculos, cuando tú ibas como en tercer semestre yo he de haber estado en el último de la carrera. Ya no me recibí, pero al caso daba lo mismo, igual me la iban a dar de archivista.

C8, ese eres tú, a lo mejor nos vemos al rato.

Uy, no. Te mandaron hasta G4, se me hace que te están sacrificando. Vas a ver cómo no tardan en enrocarme. ¡A lo mejor nos vemos el próximo año, suerte en tu próxima vida, con suerte y si comes más, para la próxima nos enrocamos!

EN CACHITOS

Según las leyes de probabilidad y la estadística, tenía una oportunidad en un millón doscientas cincuenta mil cien de sacar el premio de tres millones de pesos.

Pero por suerte Marco no tenía ni idea de ello, así que, sin pensar, buscó el único billete que traía consigo, compró el "cachito" y recibió entre el cambio una moneda de diez pesos. Con ella raspó el primer círculo plateado.

A Marco le gustaba sobretodo leer novelas de suspenso, así que le pareció divertido hacer aparecer una a una, de atrás hacia delante, las letras: O, I, M, E, R... P.

Satisfecho, y sin raspar el círculo que decía: RASPE AQUÍ PARA VER SU PREMIO, se guardó el boleto en el bolsillo izquierdo del pantalón, del cual con la otra mano había sacado la lista. Fue por un carrito y, empujándolo, entró al supermercado.

Un kilo de jitomate maduro no muy aguado y que no sea gringo *es la primera vez que gano algo en la vida* están muy aguados mejor llevo verdes *aunque puede ser cualquier cosa una planchita o un reintegro, mejor es no hacerse muchas ilusiones, mejor pensar que son diez pesitos nada más* dónde está la maldita abertura de esta bolsa *aunque podrían ser los tres millones o de perdida los quinientos mil, como compensación por todo lo que he invertido en cachitos* por fin, no iba a ser una bolsa más inteligente que yo *me compraría una tina de hidromasaje como la que tienen Gabriel y Mónica* no voy a darle el gusto de preguntar frente a ella cuál es el perejil, vieja burlona y además fea, ¡sí usted! *o hasta más grande y con más salidas de agua* ha de ser este, vete a reír de tu madre, vieja espantosa *pero tendría que comprar otra casa, porque en mi baño no va a caber* cuatro limones agrios, un cuarto de jamón, eso es hasta el otro lado *el crucero a las Bahamas que cada aniversario me pide Rosa* de pavo en paquete o a granel no, mejor no, *es un desperdicio de dinero, y luego que yo me mareo hasta en las lanchas de Chapultepec* doscientos cincuenta gramos, eso es un cuarto *tres millones menos uno quinientos para comprarle a Marcela la casa en la Roma quedan* tres cuartos de panela y medio de doble crema a granel *un millón quinientos mil y así además le ayudamos, está sufriendo tanto la pobre* para qué me pone que a granel si es más fácil llevarlo en paquete, a ver... este es de ochocientos gramos, es casi lo mismo *aunque si los secuestradores no le han vuelto a llamar es por algo, a lo mejor y ya lo...* doble crema, quinientos veinticinco gramos *ojalá no le hayan ya matado al niño... lo mejor es no decirle a nadie que sacamos un premio* un paquete de pan rústico *nos vayan a secuestrar a nosotros también, si a Marcela que no tiene un peso le secuestraron al hijo, peor aun si se enteran que tenemos tres millones menos impuestos* qué quiere decir con eso de rústico *tres millones tampoco es tanto, y menos los impuestos, de todos modos tendría que seguir trabajando,* ¿integral y

rústico serán lo mismo?, supongo que sí *sólo que primero pon-*
gamos un negocio que nos dé aunque sea un millón por año y
así pronto dejo de trabajar una docena de huevos blancos orgánicos, un litro de leche deslactosada y uno de semi–descre-
mada con antioxidantes *tres millones menos uno quinientos,*
menos doscientos mil para comprar un auto con quema cocos
y lo de los impuestos una botella de vino tinto no muy caro que
sea chileno o español *queda un millón y cacho* un litro de acei-
te de cártamo, carajo eso estaba casi en la entrada por qué no
me anota las cosas por orden *ya no alcanzaría para una casa*
en la playa, ni siquiera de las más baratas buenas tardes señorita... sí gracias *pero lo de la casa de Marcela es lo primero,*
eso urge, y luego hasta la puedo vender sin prisas, lo menos me
dan uno ochocientos, o sea que en vez de tres millones, serían
tres millones trescientos mil ese melón ya no es mío señorita
tres millones trescientos mil tampoco es tanto no me alcanza
señorita, mejor le pago con tarjeta de crédito *y eso si son los*
tres millones y no un premio chico yo las guardo gracias *si es*
de quinientos mil ya no podría ayudar a Marcela, malditos de-
lincuentes, *por qué no mejor se ponen a trabajar* dónde dejé
el auto... entré de ese lado y me di vuelta a la... no, nunca me
di la vuelta, lo estacioné casi a la entrada, junto a un arbolito
enclenque *y si lo matan aunque Marcela les pague lo del res-*
cate, casi siempre lo hacen, no mejor no pienso esas cosas, le
dije que mejor le avisáramos a la policía no gracias, no necesito ayuda *dónde dejé la moneda... aquí está, de una vez voy a*
ver qué me saqué...

O, *ya por lo menos son diez pesos* o, *de menos son cien* 6, ¡seiscientos pesos!, con eso ya no me costó el súper y hasta sobra un

poco, cuando le diga a Rosa, la cara que va a poner, ella tampoco se ha ganado nunca un premio... *pobre Marcela, Dios quiera y no le maten al niño o se lo vayan regresando de a cachitos.*

LO QUE HAY DETRÁS DE UNA FOTOGRAFÍA

Así como lo ves de vacío, éramos miles los que fuimos al concierto. O sea que, aunque no se vea una sola persona, la imagen miente.

Te aseguro que en unos años, con la tecnología adecuada, alguien va a poder probar que esta foto está poblada de gritos. ¿Sabes dónde estábamos todos? Atrás del fotógrafo. Por eso te digo que de la vista no hay que fiarse, ni del oído tampoco, porque igual hubiéramos podido estar todos bien calladitos si él así nos lo hubiera pedido.

Aunque me mires como si estuviera loco, ya verás que esta fotografía va a ser considerada una obra de arte, casi como un cuadro de Da Vinci, digamos que nosotros somos a esta imagen lo que la sonrisa a la Mona Lisa, ¿entiendes? Es que ya ves que los artistas son bien conceptuales. La cosa es que estamos pero no nos vemos, somos esencia, ¿captas? Como vida latente. Algo así fue más o menos lo que nos explicó. ¿Te fijas? Ahora yo también soy modelo y, sin necesidad de vomitar como tú lo haces, al igual que tú, casi ni estoy.

Mira, la firmamos todos, ¿ves?, aquí atrás. Ahí abajito del nombre: *Las imágenes mienten*. Esta firma es la mía, y esa otra, la primera, es la del artista.

Te aseguro que en unos años esta foto va a valer montones, un millón de veces más que lo que pagué por tenerla. Y entonces a ver quién se ríe de quién.

LOS MEDIOS NECESARIOS

Que nadie le daría alojamiento aunque pudiera pagar el triple, y que todos lo rechazarían a la hora de pedir trabajo o querer mezclarse con la sociedad. Eso era lo que se esperaba que sucediera con un delincuente y más aun con un asesino confeso tan sonado como Paulo Moreno Vega, alias "El Carita".

Tras nueve años preso en un penal de máxima seguridad, Paulo había salido de la cárcel, y no precisamente por buena conducta, sino porque, según se decía, contaba con los medios: un depósito mensual de cien mil pesos a la cuenta del juez fue lo que denunciaban los indignados conductores de algunos noticieros como *"el precio de la justicia"*.

Lo que no explicaban, o por lo menos se cuestionaban, era cómo había sido posible que un ex presidiario lograra reunir esas cantidades desde el primer mes en libertad y sin haber trabajado un sólo día. La misma cadena televisiva que ahora exigía *"¡Justicia, castigo para los corruptos. Somos quienes, con nuestros impuestos pagamos sus sueldos!"*, le había dado a "El Carita" un adelanto por concepto de contrato en exclusiva para realizar una telenovela; varias entrevistas en los principales noticiarios de mañana, tarde y noche; y hasta un serial en el que contaría su historial criminal, comenzando desde la infancia. *"No es cosa nuestra, nosotros no imponemos los programas o a las luminarias, es la gente la que lo pide. El chico es bien parecido y las mujeres quieren verlo... Por supuesto que de ninguna manera pretendemos hacer de un delincuente un ídolo nacional, nosotros no inventamos su club de fans, ese ya existía desde antes"*, contestó un directivo de la televisora durante la famosa entrevista concedida a un periódico de izquierda.

Además del fuerte desembolso realizado por la televisora, "El carita" recibió grandes cantidades de dinero por acceder a realizar entrevistas y posar desnudo para los principales medios impresos de circulación nacional, por conducir un programa radial a la semana, y por salir en media docena de anuncios comerciales. Uno de los más recordados es en el que "El Carita" salía a cuadro, en *big close up*, colocando junto a su rostro una botella de refresco de Coca Cola. Sonaba una cancioncita pegajosa a la vez que él decía casi cantando: *"Si sientes que te mueres de sed, toma Coca Cola, si no lo haces y mueres, a mí que no me culpen"*. El refresco aumentó sus ventas un veinticuatro por ciento durante la primera semana del lanzamiento de dicha campaña que abarcaba televisión, radio, medios impresos y anuncios espectaculares. La principal marca competidora tuvo una baja de más del nueve por ciento en sus ventas, la cual llegó hasta veinte tras lanzar una contra campaña en la que pretendía recordar al consumidor que Paulo era un *"vil, brutal y asqueroso asesino"*. Indignadas, las *fans* de "El Carita" organizaron un boicot contra la refresquera que se había atrevido a injuriar e insultar a su ídolo.

Al cabo de un mes, Paulo viajó a España para grabar un primer disco, titulado: *Visita Conyugal*. Su primer sencillo, *Confeso*, llegó a estar tres meses en los primeros lugares del *top ten* de las radiodifusoras mexicanas.

Empezaba a sonar el segundo sencillo, cuando ya anunciaban una presentación en el Auditorio Nacional de la Ciudad de México. Los boletos se agotaron el segundo día. Fue por esta presentación que Paulo cobró fama internacional, ya que siete mujeres murieron durante el evento; seis a causa de paro cardiaco y otra por gusto, ya que era una paciente en fase terminal que había escapado del hospital para ver a su ídolo por última vez.

El *New York Times*, así como *Le Monde* mostraban en sus primeras planas cabezas como: *"I'm singing in the jail"* y *"Homme fatal"*. Un diario mexicano utilizó toda la primera plana para difundir la noticia de la tragedia, la foto enorme de "El Carita" ocupaba casi media plana, y el resto era un reportaje que se llamaba: *"A mí que no me culpen"*, seguido de un balazo que reproducía el testimonio tomado de una de las admiradoras de Paulo antes del concierto: *"Me muero, me muero, me muero por verlo"*, nos dijo sólo una hora antes de ingresar al Auditorio una de las hoy occisas *fans* de Paulo alias "El Carita".

Con una fama totalmente desbordada, Paulo dejó de ser "El Carita" para convertirse en "El Mátalascantando", apodo que le quedó tras interpretar al personaje principal de la película: *Club de Fans*. Paulo no se presentó al estreno, pero ofreció una conferencia de prensa a la que asistieron cientos de reporteros, quienes se pisaban y empujaban, se golpeaban con los micrófonos y hacían de todo con tal de quedar al frente. Ahí fue que Paulo ocasionó la novena muerte en su historial, sólo que aun no lo sabía. Tras el escándalo provocado por la salida en camilla de una todavía viva reportera de un canal de televisión, Paulo explicó: "¿Ven por qué no quería venir a la alfombra roja? Ya se hizo todo un desmadre. Lo que más me gustaría ahora que ando libre, es nomás estar tranquilo. No, no, no. Ahora no voy a contestar sus preguntas, sólo quiero agradecerle a los medios por la oportunidad de llegar hasta donde he llegado y por estos casi dos años de carrera artística. Se los agradezco de veras a todos y pus, no digo nombres para que no se me enoje ninguno. No es grosería. pero ya me tengo que ir, y por favor no anden luego diciendo que a "El Carita" se le subió la fama, porque no es cierto. Intentemos llevar la fiesta en paz, ¿no? Después de todo, yo los necesito a ustedes y ustedes me necesitan a mí".

EL MUSEO

La casa verde era el museo de historia de su vida. El primer zapatito. La muñeca con ojos móviles. La fotografía de graduación del kinder. La playera de sexto de primaria, firmada por todos sus compañeros. Una rosa aplastada y seca. El título universitario. El llavero de la Torre Eiffel. La media esfera que hace nevar sobre el Londres en miniatura. La figurita con el Oso y el Madroño. Su medalla de participación en el medio maratón, los tenis y la camiseta con los que lo corrió. El disco LP autografiado. Los cerillos de su boda, con la G y la H entrelazadas, grabadas en dorado. Tres nuevos álbumes de fotografías. Un pequeño pedazo del Muro de Berlín. Otro primer zapatito. El rizo café, y el primer diente caído de Fabiola. Cinco álbumes más. Una escultura conmemorativa por los veinte años en la empresa. El recorte del obituario con el nombre de su esposo. La invitación a la boda de Fabiola y Stephen.

Colocó los siete frascos de medicina sin abrir, en el último espacio libre en la vitrina, junto al pequeño árbol de maple que le había mandado Fabiola desde Canadá, y la carta donde le explicaba que esa navidad tampoco podría ir a México.

No parecían quedar más vacíos por llenar, la casa se había colmado de recuerdos. El último: ella sentada en el sofá, inmóvil.

MAQUILA

Julio terminó de coser el último tramo de la pierna de Zito. Ahora sólo habría de unir todas las partes y anudar los hilos a la cruceta. Se quitó por un momento los lentes para limpiar el sudor acumulado junto a los ojos, a los lados de la nariz. Observó entonces a un Zito desmembrado y fuera de foco.

Aunque había trabajado todo el día y se sentía cansado, no quiso reposar. Julio nunca hacía una pausa en medio de una creación. Sentía una responsabilidad para con el personaje al que creaba. Se ponía en su lugar. Después de todo, a quién le gustaría quedar desmembrado sobre una mesa, con piernas, brazos y cabeza separados del tronco; como si una bomba le hubiese explotado, lanzando los miembros en distintas direcciones.

Sólo faltaban los últimos detalles, laboriosos pero más sencillos que los ya realizados. Había que unirlo todo, pegar botones, boca, ojos y nariz y, finalmente, amarrar un hilo a cada mano, uno a cada pie, otro a la cabeza, y un último a la espalda. Sólo faltaría una última cosa para darle vida al títere: la mano de Julio.

Balanceando de un lado a otro la cruceta de madera, Julio era un experto en el mover, tensar y aflojar, alternando hilos–movimientos–vida.

Como era usual, los últimos detalles le tomaron más tiempo de lo calculado. Pero ahí estaba, finalmente, un ser recién nacido.

Las cuerdas se tensaron entre la cruceta elevada en el cielo y Zito que yacía inerte sobre la tierra. Hizo Él un movimiento; hizo él una reverencia, y se presentó ante el mundo por primera vez.

—Buenas noches, me llamo Zito —dijo aquel ser con una voz enronquecida artificialmente, semejante a la del Dios Creador.

Los pies de fieltro negro comenzaron a moverse lentamente, Zito daba sus primeros pasos; éstos se convirtieron en baile y luego en un salto imposible con el que, sin el menor impulso, el muñeco se elevó por el aire, sosteniéndose en éste por más de cinco segundos.

Ahora no había duda, Zito no era un ser común y corriente. Podía hacer movimientos que ni su Creador lograba ejecutar. La obra superando al maestro.

El timbre sonó tres veces. Fue entonces cuando Zito colocó de vuelta sus zapatos de tela sobre la alfombra; luego dio otro brinco para sentarse junto a sus semejantes, en el sillón de dos plazas.

Julio se dirigió hacia la ventana, descorrió la cortina apenas un par de centímetros y asomó la enorme nariz. Se trataba de la señora Elsa, quien llegaba con casi cuarenta minutos de retraso.

En cuanto Elsa colocó el pie dentro del recibidor, los nueve gatos huyeron llevando sus ochenta y un vidas hasta los escondites más disímiles: detrás de las macetas, arriba de los muebles altos, sobre el friso de las ventanas, y otros lugares que ofrecieran protección ante aquella intrusa.

—Buenas noches Julio. Por fin logré llegar, tarde pero a tiempo.

—Sí señora Elsa, como siempre, tarde pero a tiempo. Pase, su pedido ya está listo. Sólo esperaba a que usted le diera el visto bueno para guardar a cada uno en su respectiva bolsa. A ver qué le parecen.

—¡Maravillosos, tus títeres siempre son maravillosos! —teatralizó, mientras levantaba al nuevo títere, sujetándolo de la cruceta— ¿Yo pedí éste? No lo recuerdo.

—No, ése no es parte del pedido. Es una nueva creación. Apenas lo acabé de armar hace unos minutos. Pero ya que está usted aquí, me encantaría saber qué le parece, porque yo personalmente creo que es un títere muy guapo.

—¿Cómo se llama?

—Zito, "el hombre más fuerte del mundo". Es muy especial porque con él acabé con el abecedario completo. Si quisiera seguir haciendo nuevos personajes, tendría que volver a empezar por la A. Pero yo creo que ya con estos se cierra la colección. Lo demás ya no es trabajo mío, sino de los costureros y los armadores.

—Está simpático, se parece algo a ti, ¿no?

—No lo creo. De hecho eso mismo me dijo usted de Ramira y de Tadeo. En sí, lo que yo procuro es, precisamente, que cada uno sea diferente. Yo...

—No me acuerdo haberte dicho que te parecías a Ramira. Pero sí, de hecho te pareces a todos, o más bien, ellos se parecen a ti. Éste por ejemplo...

—Zito.

—Zito, por ejemplo, hasta tiene una oreja mucho más larga que la otra, como tú.

—Yo no tengo las orejas así, yo...

Cuando Julio se enfrascaba en platicar en la primera persona del singular, Elsa optaba por abstraerse. El tema preferido de Julio, era Julio. Y cuando emitía su tercer "yo" en una sola frase, se encaminaba peligrosamente a un largo soliloquio que, si alguien se diera a la tarea de transcribirlo a un solo renglón sobre un rollo de papel, podría ser usado como cinta para medir los kilómetros en las carreteras. Al principio, Elsa intentaba atender al monólogo a ratos, para no tener que confesar su distracción ante una de esas típicas preguntas que suelen hacerse al interlocutor, como: "¿no crees?", "¿tú qué opinas?" o "¿no hubieras tú hecho lo mismo que yo?" Pero, al poco tiempo de conocer a Julio, Elsa sabía muy bien que él no hacía más interrupciones al hablar que las necesarias para dejar entrar bocanadas ahogadas de aire. Julio no se preocupaba por verificar la atención de quien tenía enfrente. Cuando hablaba, utilizaba tantos "yo", que, al cabo de un tiempo, sus palabras surtían el mismo efecto que una letanía o la lectura del rosario.

—Ahora, lo que yo digo, y mire que si algo hago yo es cambiar de opinión constantemente, pero esto siempre lo he dicho yo desde que tengo uso de razón: aunque me hayan visto y me sigan viendo cien veces más la cara por ser buena gente con los demás... porque si algo soy yo, es buena gente...

Elsa hizo un esfuerzo para no distraerse de la plática de Julio y así no interrumpirlo en medio de una idea, pero eran pocos los momentos en que él acababa de exponer una. Una palabra lo llevaba a otro pensamiento tal como, mientras hacía un nuevo muñeco, le surgía la idea de uno distinto. La única diferencia era que, si no terminaba de armar un títere, no podía entregarlo a la costurera para que hiciera las réplicas. Por lo tanto no podría venderlo, y eso era lo que le daba de comer. Por esa razón y por aquella cualidad que tenía, la de ponerse en el lugar de sus títeres, su casa no estaba repleta de muñecos faltos de cabezas, piernas, brazos o narices.

Elsa tuvo que interrumpir a Julio justo después de un orgulloso "yo".

—Perdóname Julio, me encanta escucharte hablar, pero ya se oscureció mucho allá afuera y hoy me regreso solita y mi alma. Bueno, con estas veinticinco almas más, pero...

—Exactamente señora Elsa, razón para despreocuparse. Recuerde que dentro de esa bolsa lleva nada menos que tres Danilos Vampiros, no en balde son los amos de la noche. Ellos la protegen. Como yo siempre digo...

—Sí, ¿verdad? Bueno pero de cualquier manera, me tengo que ir, nos vemos dentro de un mes.

—No espéreme un momento, ya le tengo al Pulpo Octavio que me trajo a arreglar. Hubo que extirparle un tentáculo, pero no se preocupe, le puse uno biónico y quedó mejor, ni siquiera le quedó cicatriz. Ahora mismo se lo bajo.

Para entretenerse, Elsa jugó con Zito. Lo hizo caminar hasta el sillón de tres plazas, donde habían otros títeres, seguramente se trataba del pedido de alguien más.

—Hola amigos, soy nuevo en el barrio. Me presento, me llamo Zito... pero qué groseros son, ¿es que nadie se va a levantar a saludarme? —preguntó con una voz que, de antes ronca, ahora había mutado a afeminada.

En ese momento, Elsa creyó ver a Ania la Sirena moviendo bruscamente la cola.

—No es para que se lo tomen tan en serio, de verdad, no tienen que levantarse, y menos tú que ni tienes con qué —bromeó para sí misma, intentando tranquilizarse.

Una segunda cola, larga y peluda, salió de debajo de la cola de Ania. Elsa y Zito dieron un salto imposible hacia atrás. Un erizado gato gris salió de entre los títeres y se lanzó hacia Elsa. Elsa lanzó a Zito hacia el gato. El gato se enredó en Zito y cayó de lomo sobre Fifí, Ñero y Minerva. Intentando soltarse, tan desesperadamente como un felino puede estarlo, éste se retorcía y chillaba, arañaba y rompía, se revolcaba y enredaba. El minino quiso huir de ahí. Bajó del sillón dándose un golpe seco contra el suelo. Corrió con las patas enredadas entre los hilos y el largo pelo de estambre verde de Ania. Tras avanzar medio metro, justo al pie de la escalera por la que ya se oía venir a Julio, logró soltarse de aquella maraña orgiástica de seres increíbles.

Aparecieron los pies de Julio, luego las piernas, un segundo después, la protuberante barriga a cuadros de la cual brotaban ocho tentáculos azules, un par de ojos saltones y ciegos, y otro par de ojos muy abiertos, incrédulos.

Elsa vio a Julio a los ojos, Julio vio a Elsa al cuello. Ella escondió la mirada, él, en cuclillas, colocó a su lado al pulpo y escondió las manos entre los títeres regados por el suelo.

—¿Qué es lo que...? —comenzó a preguntar con la voz de un Demiurgo enfurecido, interrumpiéndose a sí mismo con un silencio inquisitivo.

—Sé que es difícil de creer pero, bueno, para no hacerte el cuento largo: yo jugaba con Zito cuando la sirena movió la cola, luego el gato movió la cola y se nos vino encima, entonces Zito salió volando hacia el gato y el gato hacia los títeres. Todo es culpa del gato, es gris y tiene los ojos de distinto color, uno verde y otro azul, creo.

Esta vez Julio no habló. Su "yo" estaba agachado, con las manos metidas en el caos, sin modo de manifestarse ante aquella tragedia.

Elsa no sabía si irse o quedarse, la noche avanzaba. No era su culpa. No se sentía responsable, pero sí juzgada, y eso la hizo sentir vergüenza. Sin embargo tenía que marcharse ya, se hacía más tarde y las calles por esa zona no estaban iluminadas.

—De verdad lo siento, pero te digo que es culpa del gato. Yo ya me tengo que ir. No me acompañes a la puerta, yo cierro. Hasta luego Julio —terminó de decir Elsa casi gritando desde afuera. Luego cerró la puerta con delicadeza.

Julio levantó aquel embrollo y, abrazándolo lo llevó con él hasta el sillón. Se sentó y delicadamente lo colocó a su lado. El gato, desde el piso, lo observó, maulló una marcha fúnebre felina y saltó, cayendo con suavidad sobre las piernas de su amo. Sin bajar la cabeza, y lleno de orgullo miró con detenimiento su obra. Julio, enredado en una maraña de hilos, parecía un títere viviente.

Si los gatos sonrieran, seguro esa sonrisa sería idéntica a la expresión de aquel gato gris lamiéndose los bigotes.

HAMBRE DE HUELGA

Ana no había recibido sino admiración por su delgadez. Sus amigas confesaban la envidia "de la buena" que sentían hacia ella. Todo parecía perfecto, hasta ese sábado por la tarde.

La fiesta sería en una casa con alberca, le informaron.

No conocía a los demás asistentes, sólo a Blanca.

—Tengo chaparreras —confesó cuando Blanca le preguntó por qué seguía vestida.

Blanca pensó que su amiga decía ese tipo de cosas para hacer sentir mal a las demás. De todas, Ana era la más flaca, así que le insistió, pero ella pretextó el haber olvidado su bikini. Para su mala suerte, Blanca llevaba uno, por si se atrevía a usarlo, pero no había tenido el coraje y se había puesto ese traje de baño completo y negro.

Nadie disimuló el gesto de desaprobación, "te dije de mis chaparreras", le reclamó a Blanca y corrió a la recámara para ponerse nuevamente los jeans y la playera.

Blanca fue tras ella. Llamó a su amiga, pero ella no respondió. Esperó recargada en la puerta. Podía oírla sollozar. Golpeó a la puerta una vez más. Ella salió.

—¿Qué tontería es esa de las chaparreras?, si eres más delgada que una de mis piernas, —le aseguró Blanca.

—No intentes engañarme, vi tu cara y la de todos, debieron de haber disimulado, como si ustedes tuvieran cuerpos perfectos.

—No puedo creer que lo digas en serio. Si te hicimos algún gesto fue por lo flaca que estás, no es normal, casi ni es humano. Necesitas ayuda.

Pero Ana sabía que no, que Blanca inventaba esas cosas para no tener que decirle que sus chaparreras eran asquerosas. Todas ellas tenían celulitis y ellos panzas prominentes, por eso querrían, como el resto de la gente, internarla en una de esas clínicas donde te engordan. A los gordos no le gusta convivir con personas menos obesas que ellos.

Seguro que Blanca le va a hablar a mi mamá para convencerla de que me metan a la clínica. Sólo necesito un mes más, cuando tenga dieciocho, nadie me va a poder obligar.

Ana busca en Internet, teclea cualquier cosa: No quiero ser gorda. Me quieren obligar a comer. Mis amigos quieren que sea gorda como ellos. Me niego a comer.

Encuentra lo que busca. El Movimiento Pro Dignidad para los Pueblos Indígenas, vendrá a la ciudad. Se reunirá con el primer contingente, en la plancha del zócalo. Quién se va a atrever a pedirle que abandone una causa noble como esa. Gritará con fuerza: ¡También somos mexicanos! Dormirá sobre cartones en la calle. No abandonará la lucha, hasta que los tres hombres y dos mujeres otomíes sean liberados.

Cuatro de la tarde. Ana llega al zócalo, trae puesto un quex-
quémetl que le queda muy grande. Se presenta. Una mujer le
coloca la cinta. Oficialmente ha comenzado la huelga. Las lentes de varias cámaras apuntan hacia ella.

Nadie podrá obligarla a comer, estará a salvo por muchos
días y todo por una buena causa.

RELLENO SANITARIO

—Cuando hagan lo del relleno, voy a comprarme un terrenito de ese lado.

—Sí, ya me contó tu hija que vienes todas las noches a soñar
con lo del terreno, ¿para qué diablos quieres vivir encima de la
basura, como una rata?

—Ay compadre, no puedo vivir sin Eva.

—Lo entiendo pero intenta superarlo, ya va a hacer un año
y no hablas de otra cosa, bueno, ahora también hablas todo el
tiempo de este tiradero. No sé que es peor, que te aferres a tu
esposa muerta o a la basura.

—No importa, las dos cosas son lo mismo.

—Oye no, estoy de acuerdo en que Eva no era lo que se dice
"la mujer del año", pero tampoco era una basura.

—Ahí la tiré.

—¿Qué?

—A Eva, la tiré allí, por eso nadie la pudo encontrar.

—¿Tú? ¿Tú la mataste?

—No la maté, se me murió porque nomás no aguantó. Yo
sólo quería que entendiera que no podía andar por la vida man-
dándose sola, y dando de qué hablar con los vecinos, pero es
que esta vez sí se me pasó la mano, la verdad.

—¿Y la tiraste aquí?

—No, ahí donde te digo que voy a construirme mi casita, dicen que ya es cosa de tres o cuatro semanas para que esto llegue a su límite de basura y hagan lo del relleno sanitario. No sabes lo barato que me va a salir el terrenito aquí. Como nadie quiere vivir encima de los desperdicios, dicen que van a estar casi regalados. Y pues, tú bien sabes que yo no puedo estar lejos de mi Eva. Quién sino tú sabes cuánto la amaba.

MUNDO DESECHABLE

La luz de las cinco de la tarde alargaba la sombra que caminaba, ahora un paso adelante, mientras detrás mío las ametralladoras acertaban una a una mis pisadas, dejándolas hechas añicos junto a montículos de piedra y años.

Como si nada sucediera a su alrededor, una niña jugaba a recoger algunos de los restos e introducirlos en botellas desechables de litro y medio.

La destrucción aun no llegaba al templo del Cristo Ahorcado, ahí estaban: la escalinata de piedra, la niña bebiendo los restos del jugo de naranja de una botella, el árbol trasplantado desde Jerusalén hasta lo alto del campanario, y la puerta del templo: mi salvación.

Aunque subía casi corriendo, mis pasos eran lentos, como sostenidos por mi sombra, misma que se rezagaba cada vez más para terminar corriendo tras de mí. Cuando por un instante logró darme alcance y sujetándome me dificultaba el movimiento, pensé en abandonarla. Me detuve, se detuvo y, sin darle tiempo a seguirme, me moví hacia la derecha justo cuando una bala venía hacia nosotras. La bala le hizo daño. Quedó inmóvil mi sombra sobre la escalinata, dibujando una figura oscura en un zigzag ascendente.

Traspasé solitaria la enorme puerta de madera. Todo era paz: bancas ordenadas, cirios y veladoras encendidos, olor a incienso, cielo barroco, el lejano murmullo de las balas y el débil silbido confundiéndose con la música del órgano, y el sermón cansado del viejo párroco a quien nadie escuchaba.

Dediqué unos minutos a oír su sermón. Se veía tan solo, de espaldas al crucifijo y hablando con nadie. Oficiaba una misa especial de muertos, no pude evitar recordar a mi sombra y dedicarle una oración: *descansa en paz, compañera incondicional, amén.* Una señora alargó hacia mí la canasta del diezmo, yo no traía dinero, así que negué con la cabeza. Ella llamó la atención del Padre. Éste enfureció. La música fue acallada. Supe que debía salir de allí. Aquel terrible silbido que se escuchaba con cada vez mayor fuerza, se aproximaba al templo.

Al salir de la parroquia, resbalé. Caí de espaldas sobre los escalones encharcados con jugo naranja. El silbido se tornó agudo, insoportable. Tapé mis oídos con las palmas de las manos. Explosión. Pedazos de piedra y otros restos expulsados en todas direcciones.

Quise levantarme pero algo me lo impedía: una mano oscura y fría que, arrastrándose por los escalones había llegado hasta mi tobillo. Aquella bala, que hasta entonces colgaba del tiempo suspendido, atravesó mi pantorrilla.

Otra mano, ésta cálida e infantil me recogió, mezclándome con jugo de naranja, escalinatas y templo, y dejándome caer dentro de una botella desechable de litro y medio.

LA DESAPARICIÓN DE LA CLASE MEDIA

El requerimiento de Hacienda. Los intereses de las tarjetas elevándose exponencialmente. La hipoteca. Los compromisos sociales y sus cuentas de restaurante. El ortodoncista que ha dicho que la niña necesita frenos, y el ortopedista aconsejando unas plantillas para el niño. El jefe pidiéndole que espere un par de días para cobrar el cheque. La señora de la esquina pidiendo limosna. Un desconocido a quien se le acaba de morir la tía y pide una cooperación para el entierro. Dos policías que pasan pidiendo la cuota por cuidar la zona. Un par de adolescentes apuntando hacia el parabrisas con botellas rellenas de agua jabonosa. Los recibos de la luz, teléfono y agua. El gas que se terminó desde hace dos días. La suscripción vencida del periódico. El tercer pago del seguro del auto, el cuarto del seguro médico familiar. La colegiatura atrasada de los niños.

Salir de casa caminando con disimulo. Dar vuelta en la esquina y, sin mirar hacia atrás, echarse a correr.

VUDÚ

—No lo creo, ¿hacer vudú con una galleta? Ay Fabi, ¡qué imaginación!

—¿Imaginación? Mira esto, lo encontré bajo la cama.

Fabiola sostenía una galleta de jengibre que tenía forma humana y dos alfileres clavados; uno en el corazón y otro en los genitales. Era un muñeco triste. Una mueca roja le había sido dibujada con azúcar *glass*.

—¡Vaya, nunca había visto una galleta con pene!

—A ver si sigues burlándote después de fijarte bien. Mira, tiene la mano rota y vuelta a pegar. ¿Y ya viste los ojos?, ¡grandes y negros!, y el cabello, y esos alfileres clavados en…

—¿Y eso qué?

—¿Cómo qué, es que no te das cuenta? ¡Eres tú!

—¡Claro, cómo no lo vi antes, si somos igualitos! —dijo entre risas mientras cogía con la mano sana la galleta, llevándola a su boca.

—¡Qué haces! No puedes comértela, sería como canibalismo.

Fabiola arrebató el muñeco de manos de su marido y lo colocó con suavidad sobre la cama, como si se tratara de un bebé.

—Fabi, amor, hagamos de cuenta que sí soy yo. ¡No me vas a decir que crees en esas pendejadas!

—Es que son demasiadas coincidencias. Lo de la mano, lo del... bueno, ya sabes, y luego que hayas estado tan deprimido todo este tiempo sin razón alguna, tú no eras así —afirmó Fabiola acariciando la boca triste del muñeco.

—¿Sabes lo que yo creo? Que lo que quiere Sonia es nada más asustarte un poco. Y le estás dando el gusto. Debe de estar resentida por lo de tus sospechas infundadas. Piénsalo Fabiola, ¿crees que si en verdad quisiera hacer brujería con esa galleta, la habría dejado tan a la mano, sabiendo que ibas a terminar encontrándola?

—Pues no, tienes razón. Claro que yo no creo en brujerías ni nada de eso. Pero de cualquier modo, me queda claro que esa bruja hace esas cosas por molestarme. Y no creo que después de esto te atrevas a insistir en que se quede un par de meses más.

—Está bien, me rindo. Tú ganas. Hagamos un trato: tú tiras esa cosa a la basura y ahora mismo hablo con Sonia. ¿De acuerdo?

—De acuerdo. Yo me deshago de la galleta y tú de la repostera del mal.

El calor entraba y parecía nunca lograría escapar de aquella oficina sin ventanas. El ventilador sólo revolvía el aire tibio.

—¿Qué es eso licenciada?

—¡Ay Chabe, se toca antes de entrar, ya te lo he dicho mil veces! Es... era mi almuerzo, pero como no tuve hambre.

—¿Su almuerzo, una galleta?

Chabela metió imprudentemente la mano al bolso de Fabiola, y sacó la galleta.

—¡Cuidado, la vas a romper! Además ¿por qué esculcas mis cosas?

—Ay, discúlpeme licenciada. Está bien mono el muñequito, ¿usted lo hizo?

—¡Claro que no! Lo hizo la perra de Sonia.

—Y ora qué le dio a esa por cocinar, no que estaba tan enojada con usted, ¡la muy cínica, todavía que vive ahí de arrimada, se da el lujo de enojarse! No pero es que usted tiene la culpa licenciada por andarla hospedando en su casa y luego con el marido de usted que está bien... bueno, con eso de que está guapo el señor, pus así quién no, ¿no? Y ahora quién sabe que se traiga con eso de hacerle a usted postrecitos.

—No es precisamente un postre, míralo bien, ¿no te recuerda a alguien...? ¡Es mi marido!

—¿Cómo? —preguntó la secretaria mientras veía con detenimiento la galleta— ¡Ay, no la haga lic. sí cierto, está igualito a su marido. Y luego lo de la mano! ¿No me diga que...? Ora sí está bien grueso, y con ese alfiler justo en..., ¡híjoles, como los muñequitos esos de vudú! ¿No?

—Eso es precisamente, Chabe. Raúl dice que son tonterías, y pues, ¡claro que yo no creo en esas cosas! Me pidió que la tirara, pero prefiero guardarla aquí en la oficina, nada más por si las dudas.

—Ahí sí hace bien. Porque luego que tal si sí, ¿no? Oiga, debería quitarle esos alfileres, no vaya a ser la de malas.

—Quítaselos tú Chabe, nada más que hazlo con cuidado, no me lo vayas a romper. Sabes qué, hoy voy a ir a comer a mi casa, quiero disfrutar de la ausencia de Sonia. Raúl me prometió echarla esta mañana. Es más, se me hace que hoy ya no vuelvo, así que hazte cargo de los pendientes y me tomas los recados. Voy a preparar un recibimiento especial para mi marido, una especie de fiesta de "al fin solos". Nos vemos Chabela.

Con el dedo índice, Isabel repasó primero el canto de aquel cuerpecito de masa horneada. Al llegar a la cara, botó con la uña la triste boquita de azúcar *glass*, se la colocó en la lengua y la dejó ahí hasta que se le disolvió en la saliva. Dio un pequeño trago dulce y rojo. Sacó del cajón un plumón y le dibujó una enorme sonrisa de ojo a ojo. Acercó su nariz para aspirar aquel olor mezcla de mantequilla, jengibre y vainilla. Colocó la lengua sobre el punto blanco del ombligo y la deslizó, siguiendo el trazo marcado por la protuberancia tostada del pene. Tras repetir varias veces aquel movimiento ascendente–descendente, separó la lengua unos centímetros. Advirtió que su saliva había dejado una mancha obscura y húmeda sobre el pequeño pene de "Raulito". Sonrió. Cerró los párpados durante unos segundos. Al escuchar el ruido de unos tacones aproximándose a la puerta, contuvo el suspiro.

—¡Ay mujer, qué cara traes! ¿En qué o en quién andabas pensando?

—No, en nadie… en nada, licenciada. Es que hace un chorro de calor, ¿no? —se apresuró a decir mientras su jefa se acercaba al escritorio —Estaba viendo que sí se parecen un buen su marido y el muñequito. ¡Qué bruto!

—¡Cállate Chabe, no ves que si los demás se dan cuenta voy a tener que andar dando explicaciones! Guárdalo —exigió mientras la secretaria metía con rapidez el muñeco y el plumón en el interior de un cajón—. ¿Sabes qué? Ya lo pensé mejor y sí voy a tirarlo a la basura, para qué guardarlo, ¿no...? mira, mejor es que lo hagas tú porque yo siento un poco feo, después de todo es mi marido, a escala, pero es él.

—Sí licenciada, claro. ¿Y cómo va todo en su casa, por fin se fue la tipa esa?

—¡Sí, estoy feliz, no sabes! Y por si fuera poco con el placer de ya no tener que ver nunca más a la perra esa, en el camino para la oficina, así nada más, sin que sucediera nada excepcional, Raúl cambió su actitud hacia mí. ¡Hacía tanto que no veía una sonrisa como esa dibujada en su rostro! Y eso no es todo... bueno, te cuento estas cosas porque después de tantos años de conocerte, siento confianza contigo... pero no, esto ya sería abusar.

—No, dígame licenciada, ya usted lo dijo, puede confiar en mí.

—Sí, lo se. Pues... se despidió de mí con un beso como los que me daba cuando éramos recién casados, y luego me abrazó —dijo Fabiola bajando cada vez más la voz hasta tono de confesión—. Con decirte que creo que el problema que te conté la otra vez, ya no existe. Al despedirnos, noté una mancha húmeda en su pantalón.

—¡Ay licenciada, tiene razón, mejor no me ande contando esas cosas, son intimidades de pareja que a mí no me interesan! Híjoles, ya es bien tarde, ¿no? Usted tiene muchos pendientes, ahí se los anoté en la libreta. Entonces, yo tiro a su marido, al muñequito, quiero decir. ¿Sí lo tiro, no? —preguntó Chabela y, sin esperar a escuchar la respuesta, sacó rápidamente la galleta del cajón y se la escondió dentro del suéter.

Salió de la oficina, lamiéndose los labios.

ESCOBA Y LIBERTAD

Paulino peleó con el barrendero que por veinticinco pesos semanales barría la banqueta y recogía la basura. Esa mañana, frente a su casa, sobre el camellón y sus alrededores, habían amanecido cinco bolsas repletas de desperdicios. *Mire, es que si la basura está sobre el camellón, no nos corresponde, tiene que hablar a parques y jardines. Ora, lo que está abajo, en la banqueta, tampoco me toca a mí, sino al compañero que barre la avenida...*

No los necesito, se dijo y decidió levantarse más temprano cada dos días y así alcanzar al camión de la basura, y tirar sus dos o tres bolsas negras repletas de cáscaras, botellas, papeles y latas. *No voy a pagarles ni un peso más a esos cabrones.* Así lo hizo y se sintió orgulloso. Depender lo menos posible, ese era uno de sus lemas. Ese lunes doce, había dado un nuevo paso que lo acercaba al objetivo.

Al día siguiente decidió despertar todavía más temprano para barrer la banqueta y prescindir así, completamente, del hombre de la basura. Le pareció exagerada la cantidad de desechos que podían acumularse en un día. Cogió una bolsa negra, escoba y recogedor. Bajó decidido a dar el segundo paso hacia su libertad.

No tenía depurada la técnica así que, pronto, el escenario parecía un campo de batalla regado de minas: montoncitos de hojas secas, colillas de cigarros, botellas de plástico y demás curiosidades. Bastó un viento leve para que la banqueta volviera a quedar como antes. Recomenzó la labor, esta vez cambiando de estrategia. Cada montón de medianas dimensiones era guardado dentro de la bolsa y así cuando el viento pasaba, repartía cada vez menos basura sobre el cemento. No tardó en perfeccionar la técnica. *Si no puedes contra el viento, utilízalo.* No hubo de esperar demasiado. Observó las hojas recorrer la banqueta hacia la esquina, y una vez que el aire estuvo en calma corrió hacia ellas y las recogió con rapidez, atrapándolas dentro de la bolsa. Luego metió las botellas y demás desperdicios. Recogió algunas hojas recién traídas por el viento y aun se aventuró a hacer un poco del trabajo que no le correspondía, barriendo la banqueta de la casa vecina. *Si no, de todos modos terminarán de mi lado*, se dijo mientras barría. *Nada me cuesta acabar de barrer, ya es sólo un poco, qué sucia está la calle, seguro el barrendero también les cobra a los vecinos y les ve la cara como a mí.*

Al escuchar el sonido de la campana que anunciaba la llegada del camión de la basura, Paulino salió del trance libertario que lo había llevado hasta la esquina contraria a su casa, justamente donde se estacionaba diariamente aquel armatoste apestoso.

La bolsa estaba casi llena. Pidió que se la devolvieran y lo hicieron de mala gana, burlándose de él. *Cuánto poder da el hacer lo que nadie más está dispuesto a soportar, eso sí que es saberse hacer indispensable*, pensó. Estuvo ahí, como hipnotizado viendo cómo la gente llegaba, tiraba y se iba satisfecha de deshacerse de sus despojos. Observó cómo entre tres hombres separaban las botellas de plástico de las de vidrio, el cartón de los desperdicios orgánicos, las latas del resto.

Se fueron y dejaron sucio el piso, unas cuantas hojas y pequeños papeles húmedos fueron suficientes para sacar a Paulino de su pasividad. Recogió los restos y los metió en la bolsa. Alguien gritó desde la esquina de enfrente para llamar la atención de una mujer que pasaba caminando junto a él y fue entonces cuando se percató de la gran obra: una acera limpia y contrastante con el resto del mundo, que parecía nunca haber sido acariciado por las cerdas de una escoba.

Cruzó sin fijarse si venía algún auto. Comenzó a barrer desde la esquina y llenó la bolsa casi hacia el final de la calle. Se introdujo en ella y pisó con energía el contenido, éste se redujo casi hasta la mitad. Terminó de recoger lo que restaba y levantó la mirada.

En su casa, frente a él, estaba ahora la posibilidad de hacer las cosas a lo grande. Sólo había de buscar los cientos de bolsas negras que tenía guardadas y que servirían para dejar limpia toda una colonia. Podría ir aún más allá y llegar hasta el tiradero que estaba en los linderos con el siguiente Estado, así no necesitaría tampoco de aquellos poderosos hombres del camión de la basura. Además de las bolsas, debía de buscar la carretilla grande que había abandonado en algún lugar del cuarto de los trebejos.

Paulino dejó tirados en el suelo la bolsa con basura, la escoba y el recogedor, para ir a su casa en busca de sus nuevas herramientas de trabajo, y en pos de la libertad absoluta.

MENSAJE PATROCINADO POR:

Un par de Wonder pechos redondos que reciben al paseante. Esto suele dar seguridad a quien nos visita por primera vez y le hace olvidarse de que aquí puede ser, en sólo unos instantes, asaltado, violado, asesinado, desaparecido, encontrado, enterrado, exhumado, culpado de suicidio, o utilizado como cadáver o esqueleto muestra en la UNAM.

Daniel baja asustado del autobús Flecha Roja y toma un taxi Trident con una cebolla en el techo. *Usted dice si nos vamos por Viaducto u Observatorio joven,* el joven nunca ha estado aquí así que no sabe y la ruta se alarga pasando por Homemart, Martí, Gigante, Vip's, El Globo, Seven Eleven, OXXO y finalmente la casa COMEX de sus parientes Luisa Suburbia y Marcos Adidas. También están de visita la tía totalmente Palacio Susana y su hijo José Luis Abercrombie. No lo esperaban hasta mañana, así que improvisan abriendo unas sopitas Maruchan y destapan una Coca Light de dos litros y medio no retornable. De postre toman un delicioso helado Yom–Yom.

El visitante es de Torreón y claramente reconoce el Yom–Yom, la Maruchan, el Adidas, el Vip's, el Martí, el Trident y los Wonder pechos, pero no a Luisa ni a Marcos ni a Susana, y mucho a menos a José Luis "odio el tercer mundo". Ni ellos lo reconocen a él que resultó no llamarse Daniel García López como el sobrino desconocido al que esperaban, sino Daniel García Juárez; ni él conoce realmente la calle vacía afuera de la casa de los García, ni la mano que porta un reloj Náutica pirata que aparece de la oscuridad portando una navaja. Tampoco puede abrirle la puerta de la casa de la que acaba de salir porque *créemelo, no son mis parientes ni mi casa, de verdad no me estoy burlando, aunque suene absurdo yo no conozco a la gente que vive aquí, no me hagas nada, mira ten mi cartera KMK hecha en China y mis tenis Puma y mi tarjeta Banamex, el NIP es 20027, pero por lo que más quieras, déjame ir.*

Pero él lo que más quiere ya lo obtuvo y sí lo deja ir, pero con dos heridas en tórax y contusiones severas en cráneo y costillas que nadie quiso atender ni curar en la clínica veintiocho del ISSTE, ni en el hospital del IMSS, mucho menos en el Hospital Vértiz abierto las veinticuatro horas, o en el de la Beneficencia Española, ya que no llevaba consigo dinero, ni una sola tarjeta de crédito ("aceptamos todas excepto American Express"), ni papeles, ni proporcionaba el domicilio de algún familiar que sí fuera suyo.

CÓMODAS MENSUALIDADES

Siempre que Octavio regresaba borracho a la casa, Laura se vengaba con lo que a él más le dolía: comprándose un vestido, un perfume o unos zapatos caros. Así lograba que su marido, preocupado por la economía familiar, se mantuviera abstemio durante el resto de la semana.

Pero esta vez no sólo había llegado ebrio a casa, sino que además lo hacía tras dos días de parranda.

Después de dejarlo fuera un par de horas, ella abrió finalmente la puerta del departamento. Octavio, quien se había quedado dormido recargado sobre la puerta, cayó de golpe a sus pies. Laura intentó inútilmente despertarlo. Terminó por arrastrarlo hasta la sala y lo dejó sobre un tapete. Fue en busca de su bolsa, y salió con rumbo al centro comercial.

Esta vez la acción de Octavio era inaceptable, y bien merecía el comprarse aquel juego de collar, aretes y pulsera de oro que tanto llamaba su atención al pasar frente a la vitrina de la joyería ubicada en el segundo piso. Eran piezas únicas, así que las quitaron de su base giratoria y, en vez, colocaron un reloj, también de oro, que a ella le gustó. *Quizás para la próxima*, pensó.

Al ver el *voucher* sobre la mesa del comedor, Octavio prometió no volver a tomar *nunca más*.

Un *nunca más* que expiró la noche en la que Laura le organizó una reunión sorpresa para celebrar su cumpleaños. Como únicos asistentes estaban los cuatro mejores amigos de su marido, con sus respectivas parejas y un par de primos solteros. Como era su costumbre, cada uno llegó con dos botellas de alcohol. Ella, en un principio había pensado en pedirles que no llevaran bebidas alcohólicas, pero sólo faltaban unas semanas para la boda de Rita y necesitaba un vestido nuevo, zapatos y una bolsa que hiciera juego. Así que dejó que las visitas le patrocinaran a ella sus caprichos y al marido su embriaguez.

La borrachera de Octavio fue tal, que la revancha de Laura no consistió esta vez solamente en adquirir el modelo más caro de la tienda, sino que contrató a un diseñador de modas para que se lo hiciera. El costo era alto, pero qué podía esperarse si se trataba de un trabajo urgente. Octavio le rogó que devolviera el vestido y se pusiera uno de los tantos que tenía en el clóset, pero ella argumentó que la prenda estaba siendo confeccionado especialmente para ella, en el color que Rita había indicado y con sus medidas exactas. Además le había costado mucho trabajo, y algo de dinero extra, convencer al diseñador para que se lo hiciera en tan poco tiempo. No era para hacer tanto drama, porque había pagado con tarjeta y le cobrarían en cómodas mensualidades, *a doce meses sin intereses*.

Tras un golpe como ese, Octavio entró a las terapias. Asistía una vez a la semana a un grupo de autoayuda, y otras tres al consultorio de un psicólogo que le habían recomendado hacía un año, cuando durante una fiesta, había roto con la cabeza el ventanal que daba al jardín de la casa.

Pero, al cabo de quince días, se dio cuenta de que le salía más barato pagar las mensualidades de las tarjetas de crédito, que las consultas. Mantendría en secreto su deserción. Al volver al departamento, se encontró con una botella de vodka que, en un descuido, Laura había dejado recargada sobre la almohada, junto al vestido extendido sobre la cama matrimonial.

Llevaba ya media botella, cuando notó que aquella prenda había sido acomodada de tal manera que, junto con los zapatos de tacón que estaban en el piso, asemejaban una mujer acostada. Besó a la desconocida directo en la boca de almohada, y rió sin poder parar.

Cuando Laura, desde el baño escuchó aquella hilaridad ya tan conocida por ella, se apresuró a envolver su cabeza con una toalla blanca.

—Tienes cabeza de almohada —le dijo Octavio riendo mientras señalaba alternadamente hacia el turbante y la cama.

Entonces, Laura le hizo saber lo decepcionada que estaba de él:

—Apenas me prometiste dejar de tomar y ya estás otra vez así, qué vergüenza Octavio, ni siquiera ha pasado un mes.

Le anunció que acababa de tomar una decisión. Iría a peinarse, maquillarse y a hacerse *manicure* y *pedicure* al salón de belleza. *Había pensado, hasta este momento, arreglarme por mí misma, para no hacerte gastar de más, pero está visto que no te mereces tales consideraciones de mi parte, ya que tú no las tienes conmigo.* Eso le pasaba por ser una esposa buena y comprensiva, que siempre terminaba por perdonarlo. Pero ésta era la última vez, *te lo advierto, que si sigues de borracho me divorcio.*

Más le valía meterse a la regadera y darse un duchazo con agua fría; porque la boda era a las siete, y ella no soportaría nuevamente la humillación de llegar a la iglesia con un marido ebrio.

Laura sacó del armario el traje negro que Octavio siempre utilizaba en los eventos importantes, los zapatos de charol y la corbata a rayas y los colocó sobre un banco.

Antes de salir del cuarto le exigió que dejara la botella en paz, y que se alistara para irse en cuanto ella volviese de la estética. Metió la tarjeta de crédito en su bolso de mano, cogió las llaves del auto, e indignada salió del departamento, azotando la puerta.

MORIRÉ ANTES DEL VIERNES

No sabía que la saludaba por última vez y lo hice mecánicamente, con un beso que apenas le rozó la mejilla. Antes de despedirnos se acercó a mí y me susurró: "Moriré antes del viernes". Esta vez le di un beso de verdad y, al abrazarla, le secretee que le quería.

Lo dijo al final, debió de ser al principio, me hubiese dado tiempo de pensar. En vez de contestar "te quiero", hubiese dicho: "qué bueno que te vayas sin miedo, te voy a recordar siempre con tus zapatos–pecera puestos". Eso le habría gustado, saber que sería recordada con un par de peces nadando a sus pies.

Comentó lo de Carver, el funeral de Chéjov, y las tres rosas amarillas; lo entendí como una petición dirigida hacia mí. No pude llegar al velatorio, pero le encargué a Emilia lo de las flores. Ese día, por segunda ocasión en una semana, alguien me advertía que moriría; esta vez se trataba de mi padre. "Ya mero", me dijo. Yo sólo atiné a repetir a manera de pregunta: "¿Ya mero?" Creo que no hablaba conmigo, sólo miraba hacia mí. Parecía más bien responder a alguien a quien sólo él podía ver, y cuya cara estaba superpuesta a la mía. "Sácame de aquí", dijo al advertir quién era yo. "No puedo".

Las rosas no fueron depositadas sobre el féretro de Chéjov en tacones. Mi padre logró salir del hospital sólo para ir a dar a otro.

A mis seres queridos les mandé la misma nota: "Por favor, cuando quieras expresar tu última voluntad, no lo hagas conmigo."

KARMA

Un timbrazo. ¡Maldito despertador!

Cae nueve pisos. Pega de lleno con la carátula, sin meter las manecillas. Se rompe en sesenta minutos. Rebota. Se desmenuza en tres mil seiscientos segmentos más.

La escoba recoge los restos desmembrados y los deposita en un féretro de metal. Es velado un minuto por un ojo solitario.

Una mano encuentra entre los restos el corazón aun vivo, cilíndrico, que extirpa y transplanta dentro de un nuevo ser. Inmediatamente, éste llora una canción, un blues. ¡No llegue tarde querido radioescucha, son las siete y cinco a.m., despierte!

¡Maldito radio!

Cae siete pisos.

DEMÓCRATAS

Unos querían que los encerráramos durante dos horas dentro de las cámaras de refrigeración, ocultándoles que al final los sacaríamos, haciéndoles pensar que morirían como carnes frías. Algunos otros pedían que se les colgara por los pies, con la cabeza casi tocando un charco de aguas puercas. Los menos, aseguraban que lo mejor sería simplemente advertirles que si reincidían, se les metería a algunos a las cámaras de refrigeración y a otros se les colgaría de cabeza, sin proporcionarles en ninguno de ambos casos agua ni alimentos, hasta la muerte.

Ninguno pudo, con sus argumentos, convencer a los otros sobre el método ideal a utilizar. Un hombre propuso que se pusiera a votación. Los Colgadores y los Amenazantes protestaron, pues quien hizo la propuesta pertenecía al grupo más numeroso, los Refrigeradores.

—Así es la democracia, —aclararon estos últimos.

Los demás tuvieron que conformarse, así era la democracia.

Entre todos cooperaron para comprar papel, plumas y cajas de cartón. Un solitario se atrevió a decir: "eso es completamente ridículo", ya se sabía que los Refrigeradores, por ser más, ganarían. No tenía sentido tanto gasto inútil. De cualquier manera se hicieron las votaciones, *así es la democracia*.

Votaron cincuenta y dos personas, veintisiete votos para los Refrigeradores, veinte para los Colgadores y seis para los Amenazantes. Los Refrigeradores festejaron abriendo algunas botellas de vino espumoso, que habían comprado para celebrar, pero que no habían mostrado para no anticiparse a los resultados y generar con ello suspicacias. Los Colgadores aceptaron su derrota y felicitaron a los Refrigeradores. Los Amenazantes guardaron silencio. Uno de los votantes pidió que se repitiera el conteo. El solitario dijo que eso era aun más ridículo. Volvieron a contar: mismo resultado. El votante protestó: *suman cincuenta y tres, somos cincuenta y dos.* Los Colgadores alzaron la voz: *¡Fraude, fraude, fraude!* Los Amenazantes amenazaron con declarar nulas las elecciones y repetirlas. El solitario dijo que eso era tres veces ridículo, *de cualquier manera los Refrigeradores son más.* Los Colgadores pidieron que se esclarecieran los hechos: *¡No a la impunidad!*

Alguien propuso que se contara la gente de cada grupo para ver cuál de ellos era el artífice del fraude. Los Refrigeradores no estuvieron de acuerdo. Tuvo que organizarse una nueva elección: *vota sí o no al conteo de votantes de cada grupo.* Empataron. Veintiséis votos al no y veintiséis al sí. Los Colgadores, los Amenazantes y los Refrigeradores quedaron en silencio, sin saber qué hacer.

El solitario con el rostro enrojecido y escupiendo al hablar, volvió a utilizar la palabra: *ridículo.* Utilizó más vocabulario para explicar lo que ahí había sucedido: *¡estupidez, imbecilidad!* Les gritó hasta lograr que callaran. *Son veintiséis al sí y veintiséis al no, ¿no lo ven? El fraude fue de los Refrigeradores, que además ni siquiera lo necesitaban los muy imbéciles, y por si fuera poco,* *ahora olvidaron meter el voto extra, ¿no lo ven? Deben de ser castigados.* Se miraron unos a otros. *Pongamos eso a votación,* propuso un espontáneo perteneciente al grupo de los Refrigeradores, y todos tuvieron que estar de acuerdo, porque, *después de todo, así es la democracia.*

TELEMPATÍA

FICHA TÉCNICA

1º, primaria. Alumno no. 21. Maestra responsable: Hilda Martínez.

María Fernández Trápaga, siete años y tres meses, cursa primer año de primaria. Características: empática, tímida, mente abstracta, distraída, imaginación peligrosa.

Anexos: Pruebas psicométricas. Dibujos. Composición: *Quién soy yo.*

Nota: citar a los padres el día lunes 30, 13:00 hrs.

ANEXO 3

quien soy yo

me llamo maria fernandez trapaga voy en primero a y qiero mucho a mi mis aunque ella crea que yo no voy a ser nadie en la vida

soy una niña normal pero lulu la que se sienta junto a mi cre que no qe digo cosas raras y ya no se qiere sentar junto a mi sino junto a romina qe siempre dice lo primero qe piensa y nos hace reír

la clase qe más me gusta es la de musica por qe es cuando nadie piensa demasiado y puedo descansar me gusta mas cuando cantamos sin tocar instrumentos porqe no me gusta qe me toco el triangulo qe mi papa piensa qe ni siquiera es un instrumento de verdad y qe lo que toca mi hermana la qe es biejisima y va en secundaria si es porqe puede acompanearlo a el mientras canta yo tan bien qiero tocar la gitarra pero no me dejan

la mis se acerco a ler mi con posision y le dio risa pero piensa qe nadie esta asiendo bien la con posision por qe no ponemos qien somos si no qe asemos

a mi me gusta aser con posisiones y tan bien oir a las personas cuando no estan ablando pero no siempre por qe abeces me pongo triste

ENTREVISTA CON LOS SEÑORES FERNÁNDEZ

—Como ven, María es una niña muy empática, siempre está tomando en cuenta a los demás; sus sentimientos, lo que puedan estar pensando. Sin embargo, eso mismo, que es sin duda una virtud, podría voltearse en su contra. El estar siempre preocupada en lo que pensarán los demás la hace insegura, y eso impide que su desempeño escolar y en la vida en general sea el óptimo. Quiero que vean estos dibujos. Miren, en este por ejemplo, está la hermana a su lado, señora, y ella se coloca en medio de ustedes dos, ¿ven? Pero si se fijan, los pies de María son los únicos que no tocan el piso. Pareciera que lo único que le impide elevarse y escapar del dibujo es estar entre ustedes. Miren, en este otro, le pedí que me dibujara cómo creía que los demás la veían, refiriéndome a sus compañeritos en particular. Hizo veinticuatro dibujos distintos de ella misma, precisamente el número de alumnos que hay en su salón, ella incluida. Si se fijan, hay de todo, aquí hasta se pintó como un conejo; y aquí, donde está disfrazada de enfermera, miren, puso una flecha y una nota que dice: *así me ve Tomasito desde que le regalé un curita*. Le realicé a María algunas pruebas psicométricas y la verdad es que me desconcertaron un poco. No quisiera adelantarles nada, más bien preferiría recomendarles que la llevaran con un amigo mío que es psiquiatra. No, no, no se alarmen. De ninguna manera estoy diciendo que María esté loca ni mucho menos, pero quizás necesite algún medicamento para compensar alguna sustancia que le pueda estar haciendo falta en el cerebro. Miren, yo soy psicóloga, no soy la adecuada para emitir juicios en ese sentido, vayan a verlo y que él aclare sus dudas. Aquí está su tarjeta, tienen que concertar una cita, porque es un médico muy ocupado. Y, por favor, no se preocupen antes de tiempo, que la ciencia está ahora muy avanzada.

En cuanto el doctor les dé un diagnóstico, háganmelo saber, para así poder anexarlo al expediente de María. Buenas tardes, señores Fernández.

CONSULTORIO DEL DR. BONAVÍDEZ, MÉDICO PSIQUIATRA

—Pasen por favor, señores Fernández. Mira, María, la señorita te va a llevar a la sala de juegos, voy a hablar un momento con tus papás y ellos te alcanzan en un rato.

María se dirigió sola a la sala de juegos, sin esperar ser conducida por la secretaria.

—Siéntense por favor. Miren, tengo que confesarles que si ustedes me hubieran traído a María hace un par de meses, mi diagnóstico hubiese sido: esquizofrenia. Pero con ella son ya cinco casos en poco menos de tres meses que llegan a mi consultorio y ninguno ha entrado exactamente dentro de ese cuadro. Sé que con esto que les voy a decir, pueden pensar que soy un médico poco serio, le hice varias pruebas a su hija y los resultados son muy distintos a los característicos de la esquizofrenia. En cuanto tenga los estudios completos, podremos ver qué medidas son pertinentes tomar. Pero por lo pronto voy a ir al grano: su hija, María, tiene el don, si es así como ustedes desean verlo, de la telepatía.

—Oiga doctor, venimos aquí para que nos dijeran si la niña estaba loca o no, no para que el loco resulte ser el loquero.

—Señor, comprendo su escepticismo, yo mismo lo tuve. Le realicé muchas pruebas a María, como igualmente las he hecho a otros pacientes. Al parecer estamos ante una ola de niños con percepción telepática. Soy, antes que nada, un científico: no me atrevería a decirles esto si no lo hubiera observado y comprobado en varios casos anteriores.

—Quién los entiende, la psicóloga nos dijo que María era empática, usted que telepática, temo pedir una tercera opinión y que nos digan que es extraterrestre.

—Mire, entiendo que no crea en mi palabra, yo mismo, si estuviese en su lugar, probablemente no lo haría. Voy a mandar a traer a la niña para que usted mismo vea las pruebas que voy a hacerle, sólo les pido que no vayan a asustarla. No sería bueno darle la impresión de que esto que a ella le sucede es generador de angustia para sus padres.

—De ninguna manera, doctor, mi hija no es una de sus ratas de laboratorio, sólo díganos sus honorarios y nosotros nos vamos, —exigió el padre.

—Sólo observe lo que quiero mostrarle y después, si así lo desean, se van. Déjeme decirle a mi secretaria que traiga a la niña. Por favor, señores, intentemos que esto sea para María algo amable, sin exaltaciones, en la medida de lo posible, normal.

—¿Normal?

María ya estaba ahí, tocando a la puerta, antes de que el doctor se comunicara con la secretaria.

—Pasa María, vamos a seguir jugando un poco. ¿De acuerdo?

—¿Estás enojado papito?

—Tu papá no está enojado contigo. ¿Cierto, señor?, —inquirió el médico.

—¿A qué vamos a jugar? —preguntó la niña.

—Mira, necesito que ahora me digas qué está pensando tu papá, ¿quieres hacerlo?

—Yo sí, pero él no. Tampoco quiere gastarse media quincena en lo que seguramente el loquero va a cobrarle. Ahora ya no está enojado, está asustado.

—¿Por qué está asustado tu papá?

—Por que es imposible que yo en verdad use la telempa... telempatía

—Telepatía. Lo que tú puedes hacer, eso de escuchar lo que otros piensan se llama así, telepatía.

—¿Y me vas a inyectar?

—No, no tendría por qué. Eso que tú tienes no es una enfermedad, sino una habilidad extraordinaria.

—¿A ver, qué estoy pensando ahora María?, —preguntó el padre.

—Que no estás pensando en nada y que tu mente está en blanco, porque no estás pensando en nada.

—Mire señor, señora, vamos a hacer una cosa. Por hoy ya tuvieron demasiadas emociones fuertes. Vamos a descansar unos días y me traen a María, ¿qué les parece la siguiente semana, el martes a las cinco de la tarde?

—Pero qué vamos a decir en la escuela. La psicóloga, su amiga, querrá saber su diagnóstico.

—No se preocupe señora, yo personalmente me comunico con la Licenciada Martínez, tengo mucho interés en que me aporte algunos datos acerca de María. Por lo pronto, nosotros nos vemos en la fecha que quedamos. Para la siguiente cita, ya tendré mucho más estudiado el tema y les comunicaré cuáles serán las siguientes pruebas que realizaremos con la niña.

—Está bien, doctor. Hija, ya nos vamos, despídete del doctor.

—Me caes bien doctor pero ya no vamos a venir, porque esto es un robo.

—María, no digas eso. No haga caso doctor. Por supuesto que yo me encargo de traérsela la próxima semana —aseguró la madre.

—Si señora, y por favor díganle a mi secretaria que les explique acerca del descuento. Nos vemos el martes a las cinco, ¿de acuerdo señor Fernández?

SABOR CANELA

Sin preámbulos, el doctor le dijo: *Necesito decirle que revisé sus estudios y está usted desahuciado. Déjese de tomar los medicamentos, no se interne en ningún hospital, vuelva a comer con sal, y disfrute la vida; que de por sí es muy corta, pero en su caso será sólo un instante.*

Ante la brusquedad con la que recibió la noticia, Mario no tuvo ocasión de sentirse víctima. Se despidió de mano de aquel hombre seco; aunque por un momento estuvo a punto de hacerle, en vez, el saludo militar.

En cuanto pisó el último escalón que daba hacia la calle, una señora vestida humildemente interrumpió sus no pensamientos: *Un pesito nomás, señor, usted se ve buena gente.* Por un doloroso segundo estuvo a punto de regalarle a aquella persona sana los mil ochocientos pesos que traía en la cartera, antes destinados a ser canjeados por las cinco cajas de medicinas que le correspondía tomar esa semana. Si aquella señora a la que ahora le decía que no con un gesto, le hubiera querido vender algo, quizás un chicle de canela que sustituyera al que ahora mascaba insaboro, entonces él se lo hubiera podido comprar por los mil ochocientos pesos; hubiera sentido dos alegrías: la de ver la expresión atónita de aquella pedigüeña, y la de deshacerse del dinero, ahora inútil, que casi comenzaba a dolerle insoportablemente.

Aún mascando la nada, se desvió hacia la pequeña tienda que estaba en la esquina y preguntó al dependiente cuántos chicles de canela tenía. El muchacho no sabía, pero la caja estaba casi nueva, sólo que siempre traía menos rojos que de otros sabores. Ante el desgano del chico por contar los paquetes de chicles confitados, el señor Dávalos se ofreció a comprar la caja entera. Al tenerla en sus manos, la puso de cabeza, regando los paquetes sobre el vidrio de la vitrina. Uno a uno, separó los que traslucían chicles rojos y los fue metiendo en su bolsillo. Mientras pagaba, sostuvo un último paquete entre los dedos, y salió, dejando el montón de chicles multicolor atrás.

El sabor se introducía doloroso y placentero por las papilas gustativas, entre las encías, la parte interna de las mejillas, y en los paladares.

No le había preguntado al doctor cuántos meses, cuántos días. No sabía si con esos pocos chicles sería suficiente. Exactamente había contado veintitrés paquetes. Multiplicado por cuatro chicles cada uno eran, noventa y dos pedazos sabor canela. Cuatro minutos de sabor por noventa y dos: trescientos sesenta y ocho minutos. Dieciséis horas despierto al día, no, ahora dormiría sólo cuatro horas; veinte horas: mil doscientos minutos. Ni siquiera dos días enteros le duraría la eternidad que había comprado por ciento veinticinco pesos. Él le había dicho "un instante", pero nunca se sabe cuánto duran los instantes de cada quien. Definitivamente necesitaría más chicles.

Esta vez cambió completamente el rumbo. Caminó por casi una hora, hasta llegar al depósito de dulces ubicado junto a la estación del metro. Pidió todos las cajas–llenas de cajillas–repletas de paquetes–atiborrados con chicles confitados sabor canela, que le alcanzara comprar con quince mil pesos. No le importó que no se vendieran por sabor. Exigió que le trajeran las cien cajas. Eso equivalía a sesenta mil paquetes de chicles que él seleccionaría más tarde en casa. Mientras los dependientes sacaban cajas y más cajas, él pagó con la tarjeta de crédito y luego paró tres taxis. Pidió a los chicos que cargaran la mercancía en los vehículos y abordó el último, que serviría para guiar a los otros dos hasta su edificio. Ofreció unas propinas para que los choferes lo ayudaran a subir las cajas al trescientos tres, pagó y cerró la puerta, para que la eternidad no pudiera escapársele. Más le valía al doctor que el pronóstico fuera cierto, pues había gastado todo el crédito del que disponia.

PASTILLAS PARA NO DORMIR

La mujer dormía. Tenía sueños felices. De pronto, uno de sus sueños se convirtió en pesadilla, en tragedia. El marido la escuchaba llorar pero no quiso despertarla porque temía asustarla aun más.

En el sueño, su hija Perla, quien manejaba un auto rojo, se accidentaba chocando con otro auto en la carretera. Observó claramente cómo la cabeza de Perla se estrellaba contra el parabrisas, muriendo instantáneamente, y vio también cómo aquel automóvil rojo caía por un precipicio. Fue hasta entonces que ella gritó. El marido se apresuró a despertarla. La reconfortó y le explicó que todo había sido una pesadilla.

Ella le recriminó el no haberla despertado antes de que Perla muriera. En fin, ya no importaba, todo había sido un sueño. Entonces, el teléfono sonó y al otro lado una voz masculina le preguntaba si ella era la madre de Perla González Sáenz. Aseguraba aquella voz, sentir en verdad el tener que darle esa fatal noticia. Ella gritó y su marido se apresuró a despertarla, reconfortándola y explicándole que todo había sido una pesadilla. Ella le recriminó el no haberla despertado antes de recibir la terrible noticia de la muerte de su hija Perla. En fin, ya no importaba, porque todo había sido un mal sueño acerca de un mal sueño acerca de un primer mal sueño. Y para asegurarse de ello, decidió tomar un par de aspirinas con refresco de cola, y quedarse despierta el resto de la noche, pensando en el castigo que impondría a Perla, en cuanto llegara a casa.

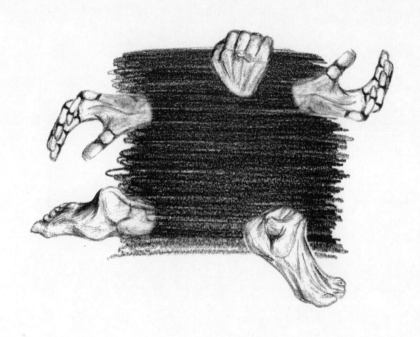

MI MONSTRUO IDEAL

Él dibujaba primero, casi siempre comenzaba con un pequeño círculo al centro de la hoja, se le había hecho costumbre. Luego yo añadía algo, y así sucesivamente nos íbamos turnando el lápiz o la pluma hasta que surgía el monstruo. Nunca hicimos alguno demasiado parecido a otro. Habían seres de varias cabezas; otros con uno o varios ojos; de múltiples tamaños y formas; distintos brazos, piernas, colas, lenguas. Miles de bestias o quizás una sola mutando sin fin, habitaron nuestra infancia durante cuatro años, hasta que Lucio se mudó con sus padres a un país al que los monstruos no quisieron irse a vivir.

Me quedé con todos. Guardé el último que hicimos junto con los demás, dentro de la caja de una muñeca que caminaba y que me había regalado mi tía Graciela en un cumpleaños, pero que resultó que venía rota y no caminaba. Nunca pude pedirle que me la cambiara, porque mis padres pensaban que *a caballo regalado no se le mira el diente*. Yo había visto la caja vacía, pero entonces busqué nuevamente, y ni rastros del caballo y mucho menos de su diente. Tiramos la muñeca con todo y su no caballo chimuelo.

La caja se convirtió desde entonces en la casa de los monstruos. Quedaba perfecta porque tenía una ventana de plástico y cada que un nuevo monstruo aparecía, éste ocupaba aquella vitrina durante todo un día, cosa que seguramente lo hacía sentirse muy importante. Yo tenía la caja sobre el buró y cuando me iba a dormir, el monstruo se quedaba observándome hasta que me apagaban la luz. Nunca le tuve miedo a ninguno de ellos porque, aunque a veces eran verdaderamente espantosos, yo sabía que una cabeza o una pata o una cola o un ojo eran creaciones mías. Sabía que ellos tenían más miedo de mí y de mi goma que yo de ellos y de sus filosos dientes.

Al principio, cuando Lucio apenas se había mudado, nos escribíamos frecuentemente, pero el flujo de correspondencia fue decreciendo hasta que casi no podía recordar que había tenido un amigo con el que fabricaba monstruos todas las tardes.

Para cuando cumplí catorce años, a él ya lo habían sustituido por completo: Luis y Pepe y David y Lalo. Las pláticas por teléfono ocupaban mis tardes. Construir junto con Karen, mi mejor amiga, al hombre ideal, era mi pasatiempo favorito: los ojos de David pero con la cara de Luis pero con la simpatía de Pepe y las pompas de Lalo. Algo parecido hacía también Karen, pero con ella misma. Aseguraba que en cuanto cumpliera los dieciocho, les pediría a sus papás que le regalaran una cirugía plástica. Ya tenía escogidos los pómulos y la nariz, pero aun no se decidía por la barbilla.

Cuando cumplí quince, Karen no tuvo dinero y entonces se le ocurrió regalarme un *collage* hecho por ella misma. Lo llamó:

"Tu Hombre Ideal". La imagen estaba compuesta por pedazos de fotos. Justo lo que yo le había descrito por teléfono tantas veces, convertido en una monstruosa realidad. Mi hombre ideal era el ser más horrible de la tierra.

Llevé al monstruo a casa. Pensé en tirarlo a la basura, pero después de todo, Karen me lo había hecho con mucho cariño. Tendría que guardarlo. Entonces recordé aquella caja en que habitaban los monstruos de mi infancia. ¿Dónde había quedado?

La encontré en la parte más alta del clóset, nadie había limpiado ahí en años. Soplé y el polvo me hizo estornudar. Aún no lograba ver a través de la vitrina plástica, así que la limpié con la manga. Quien me miraba del otro lado ya no me pareció tan monstruoso.

Abrí la caja y deposité al nuevo monstruo tras la vitrina. Esa noche, coloqué la caja sobre mi buró y me quedé dormida con la luz prendida. Al despertar, me espanté con la visión borrosa de aquel ser. Con un plumón permanente escribí una nota en la tapa: Cuidado con el monstruo. Devolví la caja a su lugar y la volví a olvidar. Hasta que él volvió.

Tocó el timbre y saludó, así, como si no hubieran pasado catorce años. Éramos dos desconocidos viejos conocidos, nadie iniciaba la conversación.

Después de un silencio incómodo, hablamos del tráfico. Él no estaba acostumbrado, era una ciudad de locos, no entendía como yo podía vivir en ella. Venía a la lectura del testamento de su abuela. Yo lo sentía muchísimo. Durante la velación se había acordado de mí, y particularmente de aquella caja con vitrina por donde aparecía la cara del monstruo en turno. Si yo aún la conservaba, le encantaría verla otra vez.

Él me ayudó a bajar la caja que, nuevamente, estaba cubierta por telarañas y polvo. Gabriel sopló y luego limpió el plástico con la manga de su camisa. Desconoció al de la vitrina. Leyó la nota en la tapa. Sonrió y pregunto sobre el intruso, sin obtener respuesta. Abrió la caja. Dejando a mi hombre ideal dentro de ésta, liberó al resto de los monstruos y los esparció sobre la cama. Estuvimos largo rato observándolos en silencio.

Lucio sacó de su portafolio una pluma y un cuaderno, arrancó una hoja. Al centro, dibujó un pequeño círculo.

DIESTRO

Me acostumbré a que, al verme, la gente dijera "pobrecito". Tras escuchar esa palabra, sólo tenía que colocar tímidamente la mano cerca de las rodillas del transeúnte y esperar a que la moneda cayera. Al principio, algunas veces, tras regalarme el dinero, me acariciaban la cabeza; pero eso sólo me sucedió en el lapso entre los cinco y los seis años.

El día de mi cumpleaños número ocho conocí a Amalia. Con su mano en mi cabeza, recordé aquella época feliz en la que la gente sentía ternura por mí y dejaban caer montones de monedas en mi mano, entonces todavía vivía mi madre. En vez de pobrecito, Amalia dijo: ¿Quieres que yo te ayude? Levanté la mirada y me di cuenta de que sus ojos eran del mismo color que sus zapatos. Me sonrió y la imité. Me pidió que me pusiera de pie, lo hice lentamente. Me preguntó si me interesaba estudiar y creo que asentí con la cabeza porque ella, sonriente, me invitó a subir al auto que estaba estacionado frente a nosotros. Se trataba de un vehículo pequeño con un golpe en la puerta derecha. Amalia tuvo que quitar las cosas amontonadas sobre el asiento para que yo pudiera subir. Se trataba de libros y de un montón de cuadernos forrados de azul. Por dentro, el auto estaba más sucio que por fuera, eso me hizo sentir a gusto.

No era la primera vez que una mujer se ofrecía a ayudarme, eso también me sucedía con más frecuencia en aquellos tiempos de las caricias de cabeza. Sólo unas veces acepté, cuatro con esta última. No importaba si la ayuda era darme de comer, ofrecerme un trabajo o querer adoptarme, ellas siempre, antes que nada, me pedían que me bañara. Cuando, un día después de la visita a la regadera de Amalia, percibí el olor a rancio impregnado aún en el asiento del auto, lo comprendí. Desde ese día comencé a bañarme a diario, los domingos no cuentan porque ese día ni Dios se bañó.

Me sentí humillado, aunque eso sí, limpio y bien vestido, ese primer día en la escuela. Al entrar al salón, un montón de niños pequeños me dieron una ridícula bienvenida en coro. A todos les sacaba más de una cabeza, y a algunos hasta con cuello incluido. Todos sabían leer y escribir, y contar hasta mil. Quién sabe de qué lugar dentro de mi cabeza salió un "pobrecito" que se puso a rebotar por mi cerebro. Creo que nunca lo dijeron con la boca, sólo se los leí en la mente, esa sí que sabía leerla muy bien.

La maestra no era bonita, siempre había creído que una maestra tiene que ser bonita. Tampoco era buena. Me pidió que fuera a buscar al conserje y le pidiera un pupitre. No me dijo dónde debía de ir a buscar a ese hombre. Tuve que preguntarle a una señora, toda vestida de gris, que no tenía cara de ser de esas que sueltan monedas en las manos de los niños pobres. Terminé sentado en la sala de espera de la Dirección. Las cosas se aclararon demasiado tarde y, para cuando finalmente logré arrastrar mi pupitre hasta la puerta del salón, el timbre sonó. Uno de los niños que salió corriendo derribó mi banca y ésta me derribó a mí. La maestra salió y me regañó por regresar después de más de dos horas. Me quedé sin recreo y tuve que comer sentado en mi nuevo pupitre. La comida estaba buena.

Durante la clase de matemáticas, Pamela, que usaba en la cabeza un moño grande, me preguntó que qué se sentía ser zurdo. Yo le contesté que era emocionante y, cuando llegué a casa de Amalia, ella me explicó que ser zurdo era escribir y hacer la mayor parte de las cosas con la mano izquierda. Después de dibujar un poco en un cuaderno a rayas, Amalia decidió que yo no era zurdo y me dijo que lo aclarara con la maestra y que pidiera una banca para diestro. Por supuesto que usé una banca para zurdo durante toda la primaria, no estaba dispuesto a perderme el recreo una vez más. No me importó que la paleta de madera me quedara al revés, porque de todos modos yo ni sabía escribir. Es sabido que una vez que a uno lo tienen por zurdo, los siguientes años ya ni preguntan si uno cambió de opinión.

A los niños les divertía mucho que a la maestra se burlara de que yo no supiera leer, escribir ni contar hasta mil, siendo un escuincle tan grande. A mí, lo que me pareció divertido fue dibujar la cara de la maestra con cuerpo de cerdo o araña.

No aprendí a escribir gracias a Karen, así se llamaba la maestra del Colegio Las Tres Carabelas. La que me enseñó todo lo que había que saber para estar en el grado de los niños con una cabeza menos que yo, fue Romina, una vecina que resultó ser maestra particular y que le cobraba a Amalia yendo diario a comer a la casa. Resulté no ser tan tonto y, antes de salir de primero de primaria, ya escribía y leía mejor que el resto del grupo. De hecho, para el final del año escolar ya les aventajaba a todos, así pude brincar del primero al tercero, donde mis compañeros ya sólo me llegaban al principio de las orejas.

Me sentí raro cuando, ya en sexto de primaria, todos comentaban que yo era bajito para mi edad, lo cual se debía, decían, a la mala nutrición que tuve durante la infancia. No me había dado cuenta de que, ahora, los que me sacaban una cabeza eran mis compañeros.

No hubiese querido hacer la carrera de ingeniería civil, pero tampoco quise ser un mal agradecido con Amalia. Ella dijo estar contenta con lo que yo decidiera pero la tía Mónica me dijo que estudiar arte era mal pagarle a Amalia todo lo que había invertido en mí; y ser ingeniero o médico, eso sí que era de hombres bien paridos.

No sé si fui bien o mal parido, lo que sí sé es que me he vuelto muy diestro con la zurda, y que no me gusta darle molestias a nadie.

EL COJO

Lo primero que vieron, fue la pierna izquierda colgando tras el marco de la puerta. El volumen de la música era insoportable. Delia gritó y retiró las manos de los oídos para, esta vez, taparse los ojos. No hubiera soportado ver la cara muerta del vecino. Entre los dedos, con la vista distorsionada por las lágrimas, alcanzó a observar una silla tirada en el suelo y, al lado, aquel zapato siniestro.

HUBO UNA TESTIGO, MIRE

Compró el periódico de la tarde para leer la noticia acerca del policía de la esquina. El voceador llevaba media hora repitiendo, a gritos, lo mismo: "Fue en esta colonia, mire. El asesinato del único policía honesto que quedaba, mire. Aquí la foto del hoy occiso al momento de su muerte, mire. Hubo una testigo ocular que lo vio todo, mire. Aquí en esta colonia fue el asesinato, mire". Así era como, en las grandes ciudades, uno tenía que enterarse de lo que había sucedido con sus vecinos, a través de los periódicos sensacionalistas de la tarde.

MATAN AL ÚLTIMO POLICÍA HONESTO, decía el encabezado en letras negras y enormes. Esa mañana lo habían visto vivo, por última vez, los de la patrulla once sesenta y ocho y le habían regalado un refresco frío. A las once horas una mujer había telefoneado, desde un teléfono público, al número de emergencias, para informar sobre unos balazos que se habían escuchado demasiado cerca de su casa. *Esa era ella, ella había llamado a la policía.* A las once horas con veinte minutos arribaban doce patrullas al lugar de los hechos, para ese entonces la ambulancia de la cruz roja llevaba ahí más de quince minutos. El hoy occiso yacía muerto. Se requirió la presencia de la mujer que vivía en esa esquina para que declarara si había visto algo, ya que no se sabía quién era la persona que había realizado la llamada de auxilio. *Esa era ella, la mujer de la esquina. Qué poco fotogénica.* Se le pidió que bajara de su departamento e informara lo que sabía. Dijo haber presenciado todo de lejos y no poder dar muchos detalles. *Esa era ella, ella había dicho eso, pero no tan bonito.* Ya en la delegación, la testigo declaró que el policía era siempre muy amable con ella y que una vez le había ayudado a meter unos bultos al edificio sin siquiera aceptar una propina. Que ese día ella no había salido a barrer la banqueta, así que ni siquiera se habían saludado. Que había visto casualmente a través de la ventana cómo el *poli* detenía a un muchacho que venía corriendo con un bulto en una mano y una pistola en la otra. Que el muchacho le había ofrecido algo, tal vez dinero, quizás para que lo soltara. Y que el policía había negado con la cabeza y el muchacho recuperado la pistola y disparado en tres ocasiones. *Dos veces, estaba segura de que habían sido dos veces. Eso les había dicho, pero ellos habían puesto tres.* Que el chico se había dado a la fuga y que sus señas particulares eran tales y tales. *Me faltó decirles que tenía cara de asesino, como los que salen en los periódicos y la tele con una pistola en la mano.*

Al día siguiente, el retrato hablado salió en todos los noticieros.

Un comentarista conminaba a la sociedad a estar doblemente indignada, ya que no sólo habían matado a un ser humano, sino que ese ser humano era un policía honesto e incorruptible; y sobra decir que esos no se daban en macetas.

A ella la entrevistaron tantas veces, que, todavía meses después, cuando el crimen ya había sido olvidado y sustituido por el famoso caso de "El Carita", su nombre o cara aún les parecían familiares a algunas personas, que le preguntaban si ella salía en la tele o si era artista. Ella sólo negaba con la cabeza y seguía de largo.

Durante ocho días repitieron la misma noticia, con exactamente las mismas palabras; de día, mediodía, tarde y noche, hasta el hartazgo. Se podía ver en los televisores la imagen de la testigo ocular, *esa era ella, debió haberse peinado, debió haber usado el vestido café que era más bonito y la hacía verse más delgada,* y el retrato hablado del presunto homicida, que tenía cara de homicida, nada menos.

Lo mejor de todo era que el del retrato hablado no se parecía para nada a ella, que sí tenía cara de gente decente; pero sobre todo, lo más reconfortante era que a "la mujer de la esquina", como todavía algunos la recordaban, nadie la inculpaba.

ALAS Y VÍSCERAS

Como lo habían planeado, ella comió claras batidas, algodones de azúcar, merengues, espuma de leche con obleas, y todas los demás alimentos ligeros y volátiles que estaban acomodados sobre la mesa. Se puso la blusa de seda. Subió hasta el doceavo piso y se detuvo en la orilla. Dejó que el viento la encontrara y elevó los brazos, desplegando las mangas–alas de seda. Voló.

Sergio, sin dejar de ver hacia el cielo, aseguró que ella se había elevado hasta meterse en una nube, "es esa, la que es un pulpo con la boca abierta". Eduardo observó el cráneo partido y el revoltijo de seda y vísceras regadas por el suelo e inmediatamente soltó la mano de su hijo para poder taparle los ojos con ambas manos. Pero el niño no se lo permitió, esperaba a que el pulpo terminara de convertirse en un enorme sillón de tres plazas para ver si María se sentaría allí.

NO LEAS ESTE CUENTO

...te advertí no hacerlo. Pero todavía estás a tiempo. Aún no sabes nada acerca de esta historia que hasta ahora ha sido vacía y en la que lo único que vale la pena es el final. No es el tipo de cuento del que harás una segunda lectura.

Tienes razón, el autor se contradice. Se dirige a ti a la vez que te pide abandonar el texto. Promete algo que seguramente no será capaz de cumplir. ¿Y el personaje? No lo ves. No sabes qué ropa lleva, a qué huele, qué desayuna. Yo te informo que lo sabes, que eres tú. Ahora piensas, "eso no es innovación, lo han hecho muchos, lo hace cualquiera."

Escribo esto y a la vez te escucho. Podríamos seguir este diálogo mudo pero es ahora cuando debiera aparecer la vuelta de tuerca. Soy sólo un personaje secundario, eres tú el adecuado para crear el final. Porque nadie como tú en el arte de ensalivar el dedo y pasar la hoja...

...envenenada de este cuento con un buen final.

ÍNDICE

El insólito mundo y otros seres imaginarios, de Yolanda Rubioceja
se terminó de imprimir y encuadernar en enero de 2012
en Quad/Graphics Querétaro, S. A. de C.V.
lote 37, fraccionamiento Agro-Industrial La Cruz
Villa del Marqués, QT-76240